魔豆

魔豆

神使繪卷

The Story of GOD's Agents

15

終章【下】

神使繪卷 15

The Story of GOD's Agents

終章【下】

目錄

神使繪卷

【人物介紹】

文昌帝君

柯維安的師父。神使公會中
備受信任的情報部部長。
更是公會中唯一的「神」。
人世中的化身為張亞紫。

曲九江

繁星大學中文系一年級。
是半妖，也是神使。
是對周遭漠不關心的型男。
出乎意料熱愛某種飲料！

宮一刻/小白

繁星大學中文系一年級。
眼神凶惡、個性火爆，
但喜歡可愛的事物。
是為神使，也具半神身分。

黑令

黑家狩妖士的少主。
身高超過190，靈力極高。
幾乎對任何事不感興趣，
沒幹勁，不在意自身安危。

柯維安

繁星大學中文系一年級。
腦筋靈活，卻缺乏體力。
文昌帝君的神使，是個
最愛蘿莉的娃娃臉男孩。

符芍音

現任符家狩妖士家主。
白髮與紅眼，缺乏表情、話
語簡短，有時會出現老氣橫
秋的一面。

楊百罌

繁星大學中文系一年級。
班上班代，個性高傲、
自尊心強，責任心也重。
現為楊家狩妖士當家家主。

蔚可可

西華大學外文系一年級。
個性天兵，常讓兄長與一刻
頭痛；但開朗易結交朋友。
淨湖神使。

蔚商白

西華大學法律系二年級。
個性嚴謹、認真，高中時曾
任糾察隊大隊長。
淨湖神使。

安萬里

繁星大學文學研究同好會社長，也為神使公會副會長。
文質彬彬，但其實……
妖怪「守鑰」一族。

范相思

神使公會執行部部長。
看起來約莫高中生年紀。
個性狡猾，愛錢無人比！

胡十炎

神使公會會長，六尾妖狐。
擁有天真無邪的面孔，惡魔般的毒舌。魔法少女夢夢露的狂熱粉絲！

秋冬語

繁星大學中文系一年級。
系上公認的病美人，面無表情、鮮少說話。
種族不明，神使公會一員。

珊琳

擁有操縱植物能力的女娃。
真實身分是山精，
亦為楊家的下一任山神。

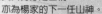

第十二章

這一天，繁星市市民隱約覺得他們居住的這座城市有哪裡不對勁。

可要他們說，卻又說不出個所以然。

今天的天氣偏悶熱，沒有太多雲遮擋的天空呈現澄藍色，像是一大片剔透的湖水。

正值上班上課的交通巔峰時間，街道上依舊車水馬龍，各種喧雜聲音交織在一塊，使得早晨的繁星市就和咕嚕沸騰的大鍋一樣，那些人聲、引擎聲、喇叭聲，有如氣泡不停地冒出再冒出，往上直衝。

和平常一樣的繁星市。

但是，就是有某個地方不對勁。

趕著上班的上班族這麼想著，搭校車上學的學生這麼想著，準備營業的店家這麼想著。

但是，到底是什麼地方有問題呢？

大街小巷裡，來來往往的市民們不約而同地這麼想。

直到終於有人慢一拍地察覺到，平時在市裡隨處可見的野貓、野狗，甚至總會棲停在電線桿、樹枝、屋頂的麻雀，或是其他不知名鳥類，居然同時不見蹤影。

然後更多人發現了這個異況。

誰也不知道那些日日看慣的身影，怎會在這天無來由地消失不見。

驚訝、納悶、不解，各式各樣的情緒在繁星市民眾心裡膨脹發酵，很快就在網路上形成了一股討論的浪潮。

可說是繁星人聚集地的繁星市版，更是迅速建立起一串串相關帖子，層出不窮的猜測不斷在主題帖下蓋起。

有中規中矩的意見——

是防疫所吧？肯定是防疫所的人在市裡做了什麼，把流浪狗或貓都趕跑嚇走了。

也有天馬行空的想像——

連鳥都趕嗎？噗噗，太不合理啦WWWWWW要我說，絕對是外星人入侵，把動物通通帶去做實驗啦WWWWW

BBS或是社群網站上，繁星市民們討論得熱火朝天，就連陰謀論的說法也跟著出籠。

然而一般民眾絕對不會知曉，真正稱得上離奇、不可思議的光景，其實出現在繁星大學裡……

「唔啊……」柯維安目瞪口呆地仰望著眼前驚人的一幕。

由淡白光片組成的巨大光箱，就像熱氣球般浮立在大草原上空。箱裡是滿溢得有如將衝破障壁、氾濫湧出的幽藍氣體。

那些都是蒼淚的……不，現在該稱爲是「怠墮」所留下的污染之力。

一刻完全可以明白柯維安的心情，因爲現在他的內心也被強烈的震驚佔據。

比起容易將情緒表露在臉上的這兩人，楊百罌、曲九江和蘇染、蘇冉看起來顯得冷靜許多。尤其是後兩位，兩張相似的面龐上，簡直淡然到了缺乏情緒起伏的地步。

但不論這票年輕人感受到的吃驚程度是強是弱，在他們面前正發生著一樁異於尋常的事，這點是無庸置疑的。

當然不單指光箱的存在。

柯維安等人昨日便已親眼目睹安萬里施展結界，將險些一發不可收拾的污染暫時隔離。

而是光箱的大小。

柯維安記得很清楚，昨天見到時，光箱頂多才科院中庭那麼大。可是現在他們見到的這一個，差不多橫跨了整片大草原，足足增長了近一倍的體積。

換句話說，箱內的幽藍氣體增加了一倍以上！

「我說啊……」柯維安呑呑口水，語氣有些虛弱，「難不成是因爲把這個從科院移到大草原的關係……所以爲了配合場地，才跟著長大了嗎？這……這也太不科學了吧！」

柯維安像是再也忍耐不住，聲音猛地拉高好幾度，娃娃臉跟著扭曲出奇怪的表情。如果不是仍沉浸在震驚裡，一刻一定會大翻白眼，吐槽著：「你自己又是神使又是半鬼的，好意思跟人爭科不科學嗎？」

面對柯維安的質疑，在這駐守一夜的安萬里神色如昔，「很遺憾，並不是配合環境的緣故。事實是，污染的確增殖了。這也造成我的結界必須一併擴展，厚度不得不變薄。」

安萬里停頓了下，宛如在思考還有什麼得補充，「還有，你現在的模樣很接近孟克的吶喊呢，維安。」

「靠！」柯維安反射性摀著臉頰搓揉，免得肌肉使用過度，僵硬成奇怪的表情，他現在就靠臉在刷小天使和小白的好感度。

「學長，這樣在時間限制上……」無視在旁使勁揉臉的柯維安，一刻皺眉，望著那有如要遮蔽天空的驚人光箱。

「目前還沒有變動。」安萬里自然知悉一刻想問的是什麼，「除非真有意外發生，時間限制還是在四十八小時內，雖然現在應該要說只剩下三十多個小時了……不過，污染增加的確有一點頗令人困擾，被吸引過來的不長眼傢伙……」

「來了。」蘇冉驀地平靜開口。

安萬里臉上溫文的笑意猶在，可這一瞬間，他手指屈起，三束白光迅雷不及掩耳地成形，猛地往草地下刺入。

一聲尖叫登時從地底下炸開，旋即平坦的土地出現一處震動。草屑和土壤像噴泉飛沖，一抹黝黑、體型如孩童的身影竄出，在肩頭上可以看到三個深可見骨的窟窿。

「變得更多了哪。」安萬里收起光束，慢條斯理地將未盡的話說完，「躲在地底下潛入，怪不得能夠躲過特援部的眼睛。但是，建議還是馬上離開此地為上，要不然，就不會只是三個洞那麼簡單了。」

安萬里語氣真誠，像是在對不懂事的小輩諄諄教誨。

但一刻他們聽得出來，安萬里是在陳述一件事實。他在告訴他的敵人，再不走，會有更糟的下場。

「嗚啊，就算人縮小……狐狸眼的心狠手辣還是沒改變，心切開來鐵定也是全黑的。」柯維安小小聲地和一刻咬著耳朵，「小白，人家跟你說，當年我也因為不小心撕了他的收藏寫眞集，被他同樣心狠手辣地辣手摧花過……」

一刻在「辣手摧花最好是這樣用的，你就別說你是中文系了」和「我操！這不是你活該嗎？」之間猶豫不決，最後選擇了沉默以對。

與其花力氣認眞吐槽柯維安，倒不如專心留意這忽然冒出的妖怪。

如果不是蘇冉提醒和安萬里主動先出手，一刻還眞沒發現有敵人接近。

驀地想到什麼，一刻扭頭望向曲九江。

「你也沒發現？」一刻訝異地壓低聲音問。

半妖的曲九江對妖氣格外敏銳，照理說，不該連他也沒有察覺。

「太弱了。」曲九江不屑地說，「連發現的價値也沒有。」

如果說安萬里的警告在潛入者的心裡激起了惱怒的火苗，那麼曲九江的三言兩語，簡直就像直接澆淋下一桶油，當即讓火星轉成燎原大火。

「只不過是區區的人類……還有一個小得難以入眼的妖怪……就算是同胞，老子也要先吃了你們啊！吃吃吃——」外形有幾分像是土撥鼠的妖怪憤怒不已地咆哮，粗大尖銳的爪子隨著兩臂揮舞，在半空劃出危險閃光，「然後那個空中的寶物就歸我家族——！」

飽含得意的咆哮猝然間斷成兩截。

身形漆黑的妖怪瞪大眼，彷彿不知發生何事。它的眼珠裡映出了前方一票年輕男女的手中各自平空浮現武器，有些人的臉上、手上還出現奇異圖紋。

原來，那根本不是它以爲的人類。

可怕又惹人厭的神力氣味如此明顯……他們竟然是神使！

可是、可是，爲什麼它身上爆發出的劇痛，卻是源自後方？後面，還有誰……

抱持著再也解不開的疑問，漆黑身軀笨重地倒在了草地上。

那名妖怪的背後，赫然佇立著一名戴著暗色護目鏡的男子，身上穿的服裝偏向某種制服，顏色搭配上是清一色的灰色。

就是這灰色，讓一刻他們倏地取得了印象，那是灰幻留在這的特援部成員。

「特一，你們似乎有點大意了。連『地籠』這種小妖都讓它輕鬆闖進來。」安萬里態度溫和，不似嚴厲指責，卻使得一擊剷除地籠的男子一哆嗦。

「是屬下失職！」男子驚恐低頭，「所以無論如何都請副會長不要再送蒼井索娜的作品到我們特援部來了！大海報也千萬不要，灰幻大人的怒氣指數會比平常飆升好幾十個百分點……更不用說要是相思大人剛好來我們這，瞧見那些東西的話，灰幻大人的怒氣……根本是會把我們生吞活剝啊！」

男子最後發出的與其說是慘叫，倒不如更接近痛哭了。

「也就是說……學長以前做過類似的事嗎？」一刻喃喃地說，對那名特援部的人生起了同情，「不過，那個『特一』是……」

「就是他的別稱啦，甜心。」柯維安立刻湊近，立志爲一刻當個貼心的解說小天使，「灰幻不喜歡記名字，所以他部門的人一律都用編號稱呼。前面再加個『特』，表示隸屬部門，例如特一、特二、特三……特二十一等等。」

我靠，這取名能力不是跟范相思差不多差勁嗎？一刻頓感無言，想到執行部部長有一批特務鴉團隊，每隻烏鴉也都是用編號命名。

這該不會算是另類的婦唱夫隨吧？

一刻嚥下感想，眼角瞄見楊百罌緊蹙著細眉，宛如陷入思索，「楊百罌，怎麼了嗎？」

「小白。」楊百罌抬起頭，「剛剛那妖怪最後喊的，是『我們家族』嗎？」

一刻一愣。家族，龐大的家庭族群……換言之就是……

不等一刻反應過來，蘇冉突地再出聲，「正在接近。」

「咦？」柯維安困惑地張大眼。

「很多，來了。」戴著耳機的黑髮藍眼男孩平淡宣告。

幾乎在那低冷嗓音溢入空氣的同一時間，廣闊大草原上冷不防掀起小幅度震動，接著就是——

啵！啵！啵！像是密封瓶蓋被驟然拔起，也像是噴泉沖湧，只見草地各處都是草屑和土壤紛飛，一團團黝黑身影接二連三地自地底下冒出。

那些都是地籠。

「操！這家族未免也太龐大了吧!?」一刻張口結舌。

放眼望去，大草原可說被黑壓壓的一群妖怪們佔領了。

從安萬里流露出些許訝然的神情來看，估計他也沒想到，地底下方居然已入侵了那麼多敵人。

「想必這家族，就是所謂的多子多孫了。」蘇染淡淡下了註解，「一刻，我們未來也可以朝這目標努力。」

「啊？妳是要努力個什麼鬼啦！」一刻沒好氣地回頭罵道，正好錯過了楊百罌乍現緊張，又轉成鬆口氣的表情。

「這……」特一錯愕地環視四周。他和同事注意到了天空、地面，偏偏就是忽略了敵人有可能從地下來襲，「我立刻通知特二他們！」

「不用。」安萬里冷靜阻止。即使面對環伺在旁、對現今的他來說稱得上巨大的地籠一族，他仍不改他的從容不迫，「如果連地籠都來了那麼多數量，恐怕在繁大外邊，會有更多妖怪試圖闖進，那些不是鳥、不是貓，也不受公會管理的妖怪們。特一，回到你的工作崗位上，這裡由我們處理。」

「可是，副會長……」

「需要我傳蒼井索娜的新作給你們嗎？」

「屬下明白！屬下馬上過去！」

絲毫不敢多逗留一秒，特一話聲未散，人已離得老遠，轉眼成了一個小小黑點。

「眞乖，晚點就傳片子給特援部吧，檔名我會記得改成『如何成功脫離單身，成爲人生贏家』的。」安萬里笑吟吟地說著足以令特援部成員頭皮發麻的話語。

「太可怕了，不愧是黑心狐狸眼……」聽完全程對話的柯維安抽口氣。他自認音量壓得極低，可沒想到安萬里卻像有所感知，目光突地轉了過來，深不可測的碧眸對上他。

柯維安差點就要控制不住悲鳴。

然而安萬里卻是說，「地籠就先拜託你們了。它們是階級相當低的妖怪，不須拿出全力應付。記得你們的力量，是要保持到眞正須要使用的時候。沒把地籠打死也沒關係，反正會有人過來負責接手。還有疑問嗎？爲了可愛的學弟妹，我很樂意知無不言。」

「可以全燒了嗎？」曲九江漫不經心地說。

「可惜，不行哪。一來這是無意義地浪費妖力；二來大草原要是燒了，十炎會很不高興的。」

「呃，我說……」

「維安，你有什麼問題嗎？」

「我沒問題，我只是想說……」柯維安苦著臉，乾巴巴地說，「副會長，你們當著當事人的面，討論要怎麼蒸煎煮炸……現在它們看起來，好像很火大了耶。」

柯維安覺得自己用詞委婉。正確一點的說法是——那個地籠家族根本是目露凶光、殺氣騰騰了好嗎？

啊，不過他們這還是有人比地籠更凶猛，更戾氣四射的。

「要想表達出火大的樣子，就拿出拳頭來啊！」一刻扯出猙獰不帶笑意的笑容，白針在他手中化為光點消散，取而代之的是捏緊拳頭，快如離弦之箭地衝出，以驚人之勢，毫不留情地重重砸上了最近的一隻地籠的臉。

形似土撥鼠的漆黑妖怪應聲倒地。

這一擊，無疑替接下來的紛亂戰鬥正式揭開了序幕。

地籠是種外形肖似土撥鼠、身高如人類孩童的低階妖怪。

它們妖力不高，習慣成群結隊行動。擅於潛伏地底深處，突現在敵人身邊，讓對方措手不及。粗大堅硬的爪子不只便於刨挖土壤，更適合用來撕裂敵人身軀。

因此就算在其他妖怪眼中，它們只是不成氣候的弱小種族，可一旦團結合作，令人捉摸不定的行蹤和層出不窮的攻擊，往往能讓比它們強大的敵人大吃苦頭。

但不論如何，平常時的地籠仍不敢貿然挑戰多名以上的神使。

那些擁有神力的人類，是神明在人間的使者，更是妖怪的天敵！

一、二、三、四，四名神使加一名狩妖士，對地籠而言是危險且不該靠近的對象……本來應該如此。

然而懸浮在繁星大學大草原上空的奇異光箱，從那裡飄散出來的氣味甜美得不可思議，令地籠的大腦幾乎爲之融化，只剩下一個念頭。

想要想要，說什麼都要得到那不知名的寶物！

在本能驅使下，畏懼和警戒之心被沖刷得淡不可見。地籠們發出尖銳吼叫，有的揮舞爪子迎向一刻等人，像是黑色河水集結；有的鑽入地底，打算來個出其不意的伏擊。

「啊啊，不能太用力……到底是指能用多少力啦！」柯維安一邊從筆電內抽出等身高的毛筆，一邊苦惱地哇哇大叫，「好歹給點具體數字啦，副會長！」

「這個嘛，就是維安你不要動用武器，直接拿筆電掄向敵人就可以的程度吧。」安萬里沒有加入戰圈，只隨手召出一片白色光壁，讓自己能和地面保持適當高度，不會落入地籠突襲的範圍內。

「咦——」柯維安失聲哀叫，金艷墨漬宛如流水般自他筆尖甩出，一滴不落地全濺在想包夾他的地籠身上。

無視漆黑的妖怪發出了刺耳慘嚎，柯維安靈活鑽出包圍。只要一發現地面疑似有東西要破土而出，立刻一筆大力摁下。

多次同樣動作下來，柯維安幾乎生起了自己像是在玩打地鼠遊戲的錯覺。

而這瞬間的分心，讓這名娃娃臉男孩險些被從前方飛來的物體打中。

驚險避開後，柯維安扶著好像「卡嚓」一聲的腰桿，下意識轉望向那個黑色物體落地之處。

這一看，柯維安頭皮一麻，那原來是地籠的半截身軀。

柯維安戰戰兢兢地再扭過頭。

手持赤紋長刀的蘇染、蘇冉合作無間，揮刀橫砍地籠的氣勢有若鬼神，凡是刀影所到之處，地籠都逃不過被攔腰斬成兩半的命運。

媽呀，有夠凶殘……柯維安咕嚕吞下口水。比較起來，他家小白只用拳頭，簡直稱得上和藹可親了。

當然，要是地籠能聽見柯維安的心聲，它們可能會想往他臉上狠狠抓去，大聲咆吼著到底是用哪隻眼睛看的，才會覺得能將它們身體打凹的拳頭叫作和藹可親！

地籠們知道神使很棘手，對方的神力和它們的妖力天生相剋。可它們原本以為在自己這一方的人海戰術下，那幾名勢單力薄的神使應該很快就能被它們擊敗。

卻沒想到……不斷損失同伴的居然是自己！

可惡，既然如此，就把目標鎖定在空中那名和神使勾結的弱小妖……其中一隻地籠的思緒乍地中斷，它傻愣愣地看著自己的雙臂。那裡本該各有左手和右手，可現在卻空無一物。

「咦？欸？」這隻地籠只來得及發出這兩個音，緊接著佔領它視野的緋紅烈焰，讓它臉上的茫然化作不敢置信。

前一剎那還令它感到憎厭的神力氣味消失，取而代之的是另一股無比熟悉的氣味。

那是和自己相同的，妖氣！

地籠又驚又駭，火焰後的褐髮青年此刻竟換了樣貌，深色髮絲像赤火沾染，轉爲狂狷的紅，眼瞳閃動的是冷澈的銀星色澤。

轉眼間成爲紅髮銀眼的曲九江拉出輕蔑的笑。

而這，同時也是那隻地籠目睹的最後一幕。

不待它歇斯底里地尖喊出「怎麼會有妖怪當上神使的這種蠢事」，緋紅烈焰已一舉殘酷地吞噬它了。

「是誰跟你說那傢伙旁邊就沒人盯著了？想撿便宜也秤秤自己的斤兩吧，雜碎。」任憑赤火將試圖偷襲安萬里的地籠燒成灰燼，曲九江不屑地扯扯唇角，纏繞臂膀上的火焰如同活物，迅烈往另一波敵人竄去。

頓時，又聞一陣淒厲慘叫。

「曲九江，把敵人往外拉出去，不要讓它們接近大草原！」楊百罌在另一頭冷聲喝道，和曲九江同樣接受一刻的交代，幫忙留意安萬里的安危。她沒有使用符術，而是改將少許靈力注入符紙中，使多張符紙堅硬如金屬，一攤展開就是可用來斬殺敵人的武器。

符扇在楊百罌的操控下氣勢凌厲，威力強悍。每一次的揮舞皆帶出了銀光與血花，恍如一場優雅與凶悍並存的華麗舞蹈。

曲九江沒有給予回應，但他的動作就是最好的答覆。

張狂肆虐的火焰就像一堵牆，攔阻了剩餘地籠的接近，灼燙高溫逼得它們不得不往後退。加上一刻等人從旁牽制，不知不覺中，戰線逐漸拉離開大草原上。

「小白，我們有設下結界了嗎？」柯維安猛地回想起來，急急大喊。

「啊幹！」一刻驟然變了臉色。

繁星大學目前拉起的結界是由公會布下的，用來預防普通人貿然闖入。但要避免現實事物遭到破壞，需要的是神使結界。

他們一時大意，疏漏了這層。

現在地籠大部分都被他們逼離大草原，倘若沒有神使結界保護，附近的圖書館、餐聽都會被戰況波及，造成嚴重損壞。

「幫老子絆住它們一分鐘！」一刻大吼，迅速往口袋一掏，摸出隨身攜帶的一捆白線。

幸好織女之前去度蜜月時，沒忘記多留下幾捆白線給他補充著用。

讓白針暫時散為光點環列，一刻不假思索地扯下一截白線，將之往上一扔。

就像被灌入了生命力，白線疾速往高空直衝，在途中自動環成一個圓，隨後變大，將整座學校圈在其中。所有景物出現剎那疊影，又恢復正常，好似什麼異樣也沒有發生。

一刻立即要將武器抓回手中，投身戰鬥。

然而一直淡然對付地籠的蘇冉驀地變了臉色，猛然扭頭朝後方的一刻喊，「一刻，又有東西！小心！」

「什……」一刻一愣。

說時遲、那時快，變異陡生於一刻腳底下。

硬實的柏油路面無預警往下塌陷。

一刻瞬間踩空，但未等他從「自己在向下墜落」的認知中回過神來，他的身體霍地遭到一股強橫力道捲住。

弄塌路面的，亦是由地底下入侵進來、形若巨大蚯蚓的妖怪。膚呈肉色，布著滑膩黏液，最駭人的是它就像是由多隻蚯蚓纏結在一塊，如同多道觸手齊齊飛舞。

「是路蚓！」自小接受狩妖士訓練的楊百罌，一眼就辨認出那妖怪的種族，心焦躍上她冷艷的臉龐。

顧不得安萬里叮囑要節省靈力的消耗，楊百罌當即喃唸咒語，「汝等是我兵武，汝等……小白！」

「一刻！」

「甜心！」

驚慌大叫剎那連成一片，分不清是誰的聲音。

一刻的第一個念頭是「什麼？」，第二個念頭是「幹！老子被丟出去了！」。

等到一刻眞正意識到，自己的確像顆球般被路蚵猛力拋出時，他眼內已納入了澄藍的湖水色澤。

而且越來越近，越來越近。

白髮男孩正往朝湖掉落下去。

就算一刻懂水性，也免不了冰涼湖水即將衝進口鼻的難受滋味。

千鈞一髮之際。

「汝等是我兵武，汝等聽從我令，裂光之鞭！」

兩道女性嗓音形成了完美的合聲。

熾白光芒飛也似地從一刻眼角刷過，不待他反應過來，就感覺到右手、右腳倏地傳來強大拉力。

下一瞬，一刻身體與朝湖拉開了距離，緊接著摔落在木板上，發出了響亮的一聲。

一刻這一摔，差點要眼冒金星，臉孔也呈現大幅度扭曲。

「我操……」一刻含糊地斷氣咒罵，半撐起身體，發現自己是跌落在朝湖旁邊的木板平台上。不管怎樣，還是比直接撞在柏油路上好多了。

忍下疼痛，一刻沒忘記他們還在與一群妖怪對戰。他迅速直起身，同時望見了迎面奔來的兩條人影。

是蘇染和楊百罌。

一刻馬上意會到，剛剛纏上他手腳、將他扯離湖面的力量，就是出自兩名女孩之手。

「小白！」

「一刻！」

「你沒事吧？」

美艷的褐髮女孩和清麗的長辮女孩幾乎異口同聲地追問。

這兩人的默契還眞是好啊……發覺到自己這時浮現了不著邊際的想法，一刻連忙將之揮到一邊。

「是沒啥事……不過妳們倆下次可以不要扯同一邊嗎？」一刻吐出一口氣，現在站起來，他才感到右手和右腳都在湧冒痛楚，「差點以爲要被分屍……」

「放心好了，一刻，我怎麼可能捨得做出那麼殘忍的事。但是，如果有留下瘀痕的話，可以讓我先拍張照嗎？這樣感覺像是我留下了記號。」蘇染語氣顯得雲淡風輕，從她冷靜的面容判斷不出她是不是在開玩笑。

「號妳老木啦！妳那發言聽起來像是犯罪者了！」一刻沒好氣地罵道。

「難道你還想要有下一次？顧好自己的安危可是基本中的基本，連笨蛋都知道這種事好嗎？」楊百罌冷著艷麗的臉蛋，不假思索地吐出了嚴厲批判。

「抱歉，確實是這樣……」一刻坦率地道歉，目光轉至前方戰況，以至於錯過了楊百罌在一瞬間流露出想咬掉舌頭的懊惱神色。

雖然中途冒出了路蚓，不過它和地籠一樣，都是屬於低階妖怪。加上沒有其餘同伴前來，也只有在最初時替毫無防備的眾人帶來了混亂，很快就被蘇冉卸掉所有觸手，再被曲九江的鳴火火焰一口氣燒成焦炭。

至於地籠的數量，也所剩不多了。

即使只憑曲九江、蘇冉和柯維安三人，依舊能在短時間內清理完畢，讓一刻連出手的機會也沒有。

眼見來襲妖怪全滅，柯維安他們亦無大礙，一刻的一顆心放鬆下來。

無論如何，他都不想再見到自己的同伴受傷，或者出事了。

想到蔚可可和秋冬語，一刻暗地咬了咬牙根。

胡十炎曾說秋冬語也許還有一絲機會……可不管怎樣，不將怠墮狠狠揍飛，說什麼他都不甘心！

「蘇染，妳在看什麼？」楊百罌突來的話聲扯回了一刻的注意力。

一刻反射性回頭，瞧見蘇染低頭凝望朝湖，那瞬也不瞬的專注眼神，就好像……她發現了什麼。

發現什麼？一刻一凜，憶及蘇染的眼力異於常人。

不同於蘇冉能聽到敵人來襲的動靜，蘇染可以看見一般人所看不見的東西。

難道又有敵人嗎？一刻飛快抓住聚形的螢白長針，眼中閃過警戒。

見狀，奔來朝湖前的柯維安等人也下意識進入了備戰狀態。

「蘇染？」一刻謹愼地開口。

「水面的倒影，有點奇怪。」蘇染喃喃地說。

水面的倒影？

朝湖上方就只有天幕延伸，能投映在湖面上的除了周圍欄杆和中央的水中藤外，應該就只有藍天白雲。

莫非天空有什麼不對嗎？一刻等人第一時間仰高頭。

擁有同樣想法的還有蘇染，只不過她還做出了眾人意想不到的行爲。

當湛藍天空烙進藍眸的剎那，蘇染手中平空浮現赤紋長刀，頓如破開虛空的箭矢，筆直往高處直衝。

「蘇染!?」一刻等人愕然，目光不自覺追逐著長刀一路向上。

然後，包括另一端的安萬里在內，所有人都目擊了刀尖就像撞上一面透明硬物，旋即奇異閃光波紋宛若漣漪擴散，進而隱沒。

雖然只是剎那發生的事，可足以讓安萬里明白過來。

安萬里碧瞳收縮，腦內掠閃過昨夜胡十炎說過的話。

「既是繁星又不是繁星，猶如水中月……」

確實就像水中月，看似蹴手可及，可實際上位於截然相反的地方。

原來在那裡，居然在那裡！

安萬里緊緊盯著天空，溫文的笑意滲出一抹凶狠。

怠墮製造的藏身空間，就在繁星大學的上面！

「找……找到怠墮了！」柯維安思路敏捷，轉瞬間也推敲出可能的答案，他又驚又喜地拉高聲音。

但娃娃臉男孩的這一喊，簡直像是碰觸到某種開關，引發了連鎖反應。

聚集在朝湖附近的一刻等人還無從發覺，不過待在空中的安萬里卻是看見了。無數道黑色影子霍然從大草原周圍路面滲出，猶如漆黑大魚，從四面八方匯聚過來，快速朝著一刻等人進逼。

「可愛的學弟妹怎麼能讓你們欺負呢？」安萬里眼中竄過森冷，五指往前一劃，多道淡白光束立刻像離弦之箭脫出，飛速落在一刻他們身周。

白色光壁猛然拔地而起，有若堅固盾牌，將一刻他們守護在正中央，及時攔住自路面衝來的重重黑影。

透過半透明的光壁，一刻他們看見那些黑影像是披裹著斗篷的人形，臉孔是一團混沌，兩簇猩紅色的光芒就像不祥的淒厲鬼火。

竟然是瘴異！

「為什麼瘴異會……天殺的！難道它們一直埋伏在繁大嗎？為了阻撓我們找到怠墮的藏身處！」柯維安倒吸口冷氣，一邊慌張大叫，一邊將所能想到的原因傾倒出來。

「顯然是的，否則它們就不會忍耐著不入侵地籠或路蚓體內。那兩種妖怪，肯定有散發出欲望的味道哪。」安萬里的身影冷不防浮現在光壁上方，碧眸犀利地俯視底下的瘴異。

那些黑影也抬起頭，猩紅似血的眼瞳散發出濃烈的不祥。

「我猜它們是收到命令，才會在這之前都按兵不動，直到你喊出了關鍵字呢，維安。」

「咦？所以是因為我嗎？」柯維安花容失色地喊道。

「當然，不是。是因為我們發現了怠墮的位置。小白，別在這時候浪費你們的力量，破開空間不是你們的工作！」安萬里驀然拔得嚴厲的話語，扼止了一刻他們的意圖。

接著安萬里微微一笑，說：

「是我的。幫我爭取五分鐘，讓學長來替你們開路吧。」

——幫我爭取五分鐘。

這是安萬里唯一交代給一刻他們的指示。

那溫和話聲尚未完全落下，像是盾牌聳立的光壁表面猝地生冒尖刺。抓住癢異反射性退卻的那一剎那，所有光壁改變形狀，有如筆直長槍，挾帶凶猛威勢直沖雲霄。

鎖定的，正是先前蘇染長刀觸及的那一點。

相較於先前稍縱即逝的閃光漣漪，這一刻呈現在眾人眼中的，是更爲劇烈的波紋朝四方震盪開來。

理應空無一物的高空，赫然隨著安萬里的這一擊，眞正迸開數條裂縫。

乍看下，簡直像一大片出現碎紋的玻璃鏡，懸掛在繁星大學正上方。

「別想、別想……」

「誰也別想妨礙我等的『唯一』啊！」

「把你們的欲望——通通交出來吧！」

多道嘶吼交疊在一起，像是野獸成群咆哮。像裹著斗篷的黑影飛也似地衝出，卻不是針對一刻他們，而是——

一刻等人頓地明白，爲什麼安萬里要他們幫忙爭取時間。

被污染之力吸引過來的不可能只有路蚓和地籠，更多妖怪都朝著繁星大學接近。

雖然外圈有特一他們負責阻攔，可顯然他們也分身乏術，才會讓一些妖怪有機可趁，闖過了封鎖線，進入校園裡頭。

瘴異撲竄的方向，就是最先尋來此處的第一波妖怪。

即使可以以實體待在人間，但瘴異仍需要宿主，才有辦法發揮最大力量。

「找到了……」

「找到寶物的位置了！」

外貌接近猛獸的妖怪們興奮歡呼，對寶物的渴望使它們降低對周遭的警戒，更加沒留意到有多道黑影迅如疾風掠來。

「寶物是屬於我們——！」

激動的大吼瞬間不自然地斷裂。

那些像狼、像虎、像猿的妖怪們震驚地瞪大眼，壓根沒機會理解到是發生什麼事，縮窄成黑線粗細的瘴異便已沒入它們的心口。

隨後，完全鑽了進去。

受到瘴異入侵的妖怪完成異變，只需片刻。

只見那些像是野獸的身影冒出縷縷黑氣，本就猙獰的外貌變得愈發畸異駭人，一雙眼更是迅速染成不祥的濃烈血紅色。

奪得宿主身體的瘴異咧開瘋狂惡毒的笑容，毫不猶豫地朝空中的安萬里展開攻擊。

要將那個打算打開「入口」的礙眼存在，狠狠扯碎撕裂抓爛，讓他屍骨無存！

只不過瘴異的企圖，轉眼間被阻止了。

「有說要讓你們過嗎？給老子死到旁邊去吧！」一刻的笑容比瘴異更狂暴，呼嘯揮出的拳頭毫無減速，全力轟在一名瘴異臉上。

力道之猛烈，使得離一刻最近的柯維安都覺得自己好像聽見骨頭斷裂的聲音。

安萬里要的，就是一刻他們牽制住那些想阻止他的瘴異。

將下方戰場暫時託付給自己值得信賴的學弟妹，安萬里不敢遲疑，也不敢保留力量，一擊無法破開，他立刻再施予第二擊、第三擊……

本該是用來防守的光壁，在他的操縱下轉變成適合攻擊的形狀。多柄白色長槍再次直衝天際，鋒銳槍尖匯聚了強悍的力道，雷霆萬鈞地撞擊在橫越天空的玻璃鏡上。

裂痕擴展得更大、更深。

幾次下來，連綿成了蛛網。

可是很快地，安萬里神色變了。他發現裂紋竟開始從邊緣轉淡，只一眨眼，一些細微的痕跡便受到抹平，消失無蹤，彷彿先前造成的傷害只是曇花一現。

安萬里知道不用太久，所有裂紋只怕都會接連消失，除非他有辦法一口氣破出可供人進入內側空間的入口。

但他現在能使用的力量幾乎到了極限……

安萬里眼中閃過決斷與毅然，目光投向了大草原上的巨大光箱。

箱裡的幽藍氣體像巴不得能找到出口般翻騰，只要光箱不存在，它們就會爭先恐後地沖刷過整座學校，進而整座城市。

可是那組成光箱的片片光壁，正是安萬里用自身大部分力量凝聚出來的。如果利用它們，就有機會一舉破開空中玻璃鏡的一角。

一邊是終究會爆發的污染之力，一邊是無論如何都得打破的怠墮結界。

兩者權衡之下，安萬里毫無猶豫地選擇了後者。

「這裡是安萬里。」安萬里將通訊耳機切換到公共頻道，讓公會眾人皆能夠聽見他的聲音，「怠墮藏身地確定找到，還有污染要提前爆發了。最遲不會超過十分鐘，請各區成員做好準備。」

如同平時開會般溫和報告完事項，聽著耳機裡此起彼落地傳出「明白！」、「已做好準備！」、「沒有問題！」等回應，安萬里輕吐了一口氣，隨即對下方喊道：

「維安、小白，你們注意了！我要解開封鎖污染的結界！」

「咦？」

「什麼!?」

一刻等人聞言驚愕。

然而安萬里並沒有給他們發問的時間，他的半邊臉頰浮現錯落的石片，包括暴露在襯衫外的手背、手臂亦是。

將自己徹底回復到妖化模樣，安萬里瞳孔縮成詭譎的菱形。

下一剎那，大草原上的巨大光箱霍然解體。

六面光壁瞬間拉長為尖利形狀，疾如雷電地衝向了安萬里正上方。

與此同時，失去障壁阻隔的幽藍色氣體再也不受控制，「嘩」地一口氣墜地，像奔流、像狂浪，更像潰堤的洪水，猛烈洶湧地朝所有能穿過的通道四溢而去。

面對急速逼近的污染之力，原本陷入激戰中的一刻等人和瘴異不由得停下動作，張大的眼眸內馬上被鋪天蓋地的藍色所佔滿。

就算知道那不是眞正的水，一刻等人仍反射性地屏住呼吸。

有如霧氣捉摸不到的污染之力，剎那間沖刷過一刻他們身畔，朝其他方向繼續前進。

一刻一行人實際上什麼也沒有感受到。

沖往四面八方的幽藍不帶溫度也不帶觸感，假使不是雙眼所見，恐怕難以知曉上一秒究竟發生了什麼事。

他們身上因佩帶點燈符，方能抵禦污染。

而瘴異，本來就是不受污染影響的特例存在。

不管是瘴或瘴異，皆是遵循欲望、吞噬欲望的妖怪。它們並不具備所謂的理智枷鎖，因此污染雖會對其他妖怪造成影響，但對它們根本起不了作用。

它們從一開始，就不曾擁有過本心了。

見污染似洪水氾濫，瘴異高聲尖喊。

「我等的同胞啊！現在是屬於我等的盛宴，把心上被開了空隙的傢伙們——一個也不放過地鑽進去！」

「所有的欲望，都是歸我等所有！」

「我等是——瘴！」

趁一刻等人不備，瘴異居然猛地疾衝，主動將自己的身軀送至神使武器前。鋒利的金屬切開皮膚，陷入血肉，但從足以構成致命傷的切口內，噴灑出的卻不是大量鮮血，而是大股黑氣。

黑氣眨眼再次凝成黑線，像是脫離掌控的箭矢，飛馳往另一個方向。

在那裡，不知何時出現了新一批妖怪。它們的眼瞳有詭異的幽藍閃動，猶如細小的魚在裡面游走。

是被污染的妖怪。

黑線全速鑽進了那些妖怪體內。

頓時，妖怪眼中的幽藍停止閃動，眼眶邊緣往內滲出深暗的血紅色，逐漸將眼裡其他色澤覆蓋過去。

柯維安一個激靈，憶及符廊香也曾有類似的詭異雙眼。

「瘴異想換更好的身體！」柯維安急促大叫道：「被污染的妖怪對它們來說更適合！」

「那又怎樣？」曲九江面露冷酷，「一樣只有被火燒……」

「九江學弟，別動手，你們的目標可從來不是這些瘴異。現在，上來！」安萬里染上凌厲的悅耳嗓音猛地截斷曲九江的話。

那是個不容反駁的命令句。

不光是曲九江，其他人也硬生生收住攻勢，下意識仰起頭。

撞入眼內的景象令一刻等人大感震撼。

六把巨大鋒利的白色光槍貫穿了玻璃鏡的一角，被圈圍起來的鏡面部分就像遭到粗暴外力毀壞，破裂出一個大洞，從裡頭湧現的是異於藍天的晦暗色彩。

乍看之下，簡直像天空被撕開了一記猙獰傷疤。

「入口」打開了。

安萬里一手舉直，如同在支撐頭頂上的光槍，另一手飛快再揮劃出一個奇異的手勢。

自半空位置倏地一路往上橫出多枚窄細光片，就像平空出現一道空中階梯。

「動作快，我撐不了太久！」

「但、但是，這樣不就只剩副會長你一人要面對……」

「動作快！」安萬里厲聲大喝道：「上去！」

明眼人都看得出來，空中的光槍正受到某種力道擠壓，逐漸往中間靠攏。

洞口確實在縮小。

而底下的安萬里已臉色蒼白如紙，豆大汗珠掛在額角。

倘若再拖延下去，洞口眞的會完全關上。

到時氣力用盡的安萬里，不可能再次打破那層屛障了。

「我們走！」一刻咬牙，瞬時做出決斷。他一把扯過柯維安，無視那些佔據新身體的瘴異，三兩步躍上第一層階梯。

在一刻的帶頭下，其他人也義無反顧地踏上由安萬里打造出來的道路。

然而瘴異們哪可能輕易讓一刻他們抵達「入口」。

「不准——你們這些可恨又煩人的神使，乖乖地像隻小蟲死去吧！」

「還有你！一再妨礙的該死存在，你明明也該要被污染，然後被我等入侵的啊！」

面目可怖的瘴異分頭鎖定了一刻等人和安萬里，無暇顧及身後和身前的眾人，只能任憑危險洶洶靠近。

說時遲、那時快，三道碧影悍然到來。

前兩道色澤偏深，挾帶勢如破竹的威力，眨眼間齊齊削斷了瘴異欲襲向階梯的觸手。隨著觸手重重墜地，切口處「嘩啦」噴冒出鮮血。

發出嚎叫的瘴異這時才看清楚，斬去自己部分身軀的，竟是兩把烙著深綠色花紋的凜凜長劍。

至於第三道影子，顏色青翠，像條長蛇靈活凶猛地纏捲住接近安萬里的瘴異，隨後再猛一使力，將那瘴異重摔到草地上。

下一秒，柔軟草葉齊齊增長，像是堅硬的金屬刀片，將摔下的瘴異捅刺出許多血窟窿。痛得幾乎出不了聲的瘴異瞪大眼，看見從身上退走的碧影居然是一條藤蔓。

在上方聽見慘嚎的一刻等人一震，腳步不自覺微滯。他們反射性向下望，見到的赫然是再熟悉不過的人影。

「蔚商白？」一刻大吃一驚。

「珊琳！」楊百罌臉上掩不住驚訝。

「這裡交給我們，你們快走。」以為還在昏迷中的冷俊青年手持雙劍，宛如守護般擋在空中階梯的前方。

蔚商白表情冷靜，隱隱透出一絲冷酷，鏡片後的眼珠犀利堅冷地掃向那些似乎有所忌憚的瘴異。

「我只有一個要求。」蔚商白頭也不回地說，語氣平淡，「我要我的朋友平安無事歸來，我相信你們可以做得到，宮一刻。」

即使沒有回頭看向後方，蔚商白也能猜得出被他點名的白髮男孩估計先是一怔，然後拉開凶悍的笑容。

下一秒，蔚商白知道自己猜對了，證據就是他聽見一刻開口。

「那還用你說嗎？」那是如此堅定、不退卻的聲音。

「百罌，不用擔心繁星市，有我們在！」珊琳舉高雙手，更多翠綠藤蔓在她身周旋繞。

楊百罌抿直唇線，用力點了點頭。

接下來不論哪一方，誰都沒有再看向彼此。

階梯上的一刻等人腳步不停，疾奔往最上端的裂口，下方景色隨著距離拉遠，變得越來越小。

貫穿裂口周邊的六把光槍槍身忽地迸現了一條粗大的裂縫，接著是第二條、第三條……彷彿那股看不見的無形之力，終於超過它們所能負荷的了。

就在光槍霍然應聲斷裂，就在空中階梯消隱，就在安萬里舉起的手臂猝然扭曲成奇怪形狀的剎那——

最後一抹人影及時躍進了裂口內。

失去光槍撐擋的裂口霎時收緊閉攏，將晦暗的不祥色彩重新遮掩起來。

天空恢復成蔚藍，曾有的裂痕好似從未存在過。

「終於……」安萬里只來得及吐出這兩字，一直浮立空中的身子驟然往下跌墜。

「萬里大哥！」珊琳眼疾手快，多條碧藤即刻趕到，接住那具如同人偶大小的身軀。

「別擔心，我還撐得住……」安萬里按著臂膀，忍痛露出微笑。他整隻手臂被扭曲成嚇人模樣，軟綿綿地垂掛在一旁，「謝謝你們了……珊琳、商白學弟，幸好你們及時趕來。學弟，你的身體還好嗎？」

「沒有大礙。」蔚商白沉穩說，「不過為了預防中間出問題，給宮一刻他們帶來麻煩，倒不如留在這替他們顧好繁星市。況且比起我，隊伍最不能缺少的，是宮一刻的神使。」

「九江學弟嗎……是的，沒錯哪。」安萬里仍維持笑意，但笑裡添了一絲凌厲，他能感覺到更多妖氣往繁星大學靠近，「百密總有一疏，符廊香只怕沒想到……」

安萬里剩下的語句滑回肚裡，他知道蔚商白清楚自己在說什麼。

符廊香為復活瘴異的「唯一」而費盡心機，最後確實也如她所願，成為了「唯一」的部分。

她和其他瘴異，一併成就了怠墮的重生。

可也正因如此，前往怠墮空間的隊伍中，必須要有曲九江，無論如何都不能少了他。

百密總有一疏。

符廊香體內，同時還有著情絲，情絲也成為怠墮的部分。

而鳴火，是情絲一族的天敵。

——符廊香讓自己成了怠墮的弱點。

珊琳不太明白兩位大人在打什麼啞謎，但她知道自己要做的事，就是合力守護這裡，守護繁星大學的北區。

瘴異同樣不清楚安萬里和蔚商白在說些什麼，不過那對它們來說並不重要。它們只知道，都是面前的可恨傢伙妨礙了它們。

妨礙者……就該死！

不管是咬死打死刺死撕裂身體或是搗爛內臟而死，通通都該……

「去死吧！」紅眼怪物仰頭咆吼。彷如在呼應它的吼聲，從遠方、從宿舍、從信四坑隧道方向，霍地同時拔起陣陣令人心驚膽跳的似獸嚎叫。

「誰也不能阻撓我等！不要以為多了兩個人有什麼用處，我等的同胞如今已成功入侵如此多宿主體內！被污染的妖怪會越來越多，被我等吞吃的欲望也只會越來越多！你們什麼也挽回不了，什麼也拯救不了——」

「你們都將——成爲『唯一』的部分！」

「『唯一』會殺了闖入的雜碎！至於你們這些勢單力薄的可憐小蟲子，就認命地被我等——」瘴異眼裡冒出凶光，猙獰畸形的身子倏地如砲彈衝出。

但是，有什麼比蔚商白他們，比瘴異們還要更快出手了。

「汝等是我兵武，汝等聽從我令，明火！」

蒼勁的喝聲像是利箭猝然插入這空間，同時眾多閃耀赤紅的火球如流星砸落。

猛烈的火勢立刻逼退了瘴異的襲擊，還引發出一波痛嚎。

「啊啊啊啊——」

「是誰？」

「到底是什麼人！」

「我可從來沒有說過，我們這邊會是勢單力薄哪。」面對瘴異驚恐的吼叫，安萬里蒼白著臉，語氣和煦地說道，唇畔始終維持淡淡笑意，「總算……是全部趕上了。」

「不好意思呀，過來的路上碰到一些纏人的傢伙，才會晚了幾分鐘。」前一會兒施展符術的聲音主人說。

那聲音雖然令人感受到年歲上所帶來的蒼老，可同時也透著強韌與堅定的意志。

「爺爺！」珊琳忍不住揚起大大的笑容，深棕色的眸子亮起欣喜。

瘴異大驚，急忙扭頭。這時才發現另一方竟出現了一批人馬，爲首的是名頭髮灰白、精神矍鑠的老者。

老者一手負於背後，一手持著數張符紙，一雙眼瞳銳利似鷹隼。

瘴異們不曉得這些突然殺出的人是誰，不過不需要多久，不管是瘴異或是受到污染而狂暴的妖怪，都將深刻體會到——縱使如今沒落，但曾盛極一時的狩妖士三大家的楊家，絕對不是浪得虛名。

「好了，小子們，該是活動筋骨的時刻了。」楊青硯慢吞吞地說道。和他語速相反，他手上的符紙正以飛快速度浮現漆黑圖紋，「可別給楊家丟臉——汝等是我兵武，汝等聽從我令，電隨意走！」

伴隨著轟然雷擊的降臨，繁星大學所在的繁星市北區，重新開啓了戰端。

第十三章

不祥的幽藍氣體如潰堤肆虐的洪水，一從繁星大學獲得解放，即刻以驚人速度朝四面八方洶湧奔去。

只不過頃刻間，就漫淹出校園，沿著各條街道、馬路，像是凶猛的藍色蛟龍張牙舞爪，不停歇地一路往前奔騰。

繁星市市民根本沒意會過來發生什麼事，不管是路上、車裡或是屋內人們，只要被幽藍氣體沾拂過身體，立即像剪斷提線的人偶，當場被剝奪意識和行動力，昏倒在地。

突來的倒地沉重聲響迅速引來更前方人們的注意力。

可當他們一回頭，震驚瞠大的眼睛裡只來得及映出如大浪沖來的詭異幽藍，接著便同樣被奪走了意識，一個個倒在人行道、路邊、屋裡、屋外。

但也有些身影在幽藍氣體沖刷過後，不但沒有倒下，反而出現了古怪異狀。

他們眼眸內游竄過一縷細細藍色，理智從大腦內迅速退離，想要破壞或殺戮的渴望不斷滋生，轉眼間，暴露出一直藏起的真實相貌。

他們不是人類。

它們是，妖怪！

遭到污染的妖怪不假思索地依循本能行動，然而往往在它們動作前，就驚見不知何時已被鬼魅似的漆黑人影包圍。

那些像是裹覆著黑斗篷的詭異人影沒有臉孔，只有一雙駭人的猩紅眼睛。

不待受到污染的妖怪有所反應，黑影霎時改變形體，身形如柔軟黑布收縮至極致，細如長線。

隨後就像一支漆黑箭矢，迅雷不及掩耳地沒入了妖怪的心口之中。

原本像小魚游走的幽藍瞬間靜止，不再擴散，從眼眶內滲出的紅很快覆蓋了原本雙眼的顏色。

成功入侵的瘴異露出了得意又瘋狂的笑容。

「如此美好！如此美妙！」

「暴露出更多的空隙，展現出更多的欲望吧！」

「因爲我等——」

「是會將世上欲望通通吞吃殆盡的瘴啊！」

「吃吃吃、殺殺殺！」

「爲了我等的『唯一』——怠墮！」

像是惡鬼的嘶吼迴盪在繁星市各地。

以繁星大學爲起點，類似場景可說如同骨牌效應般，接二連三地在不同地區上演。

假使從高空俯瞰，就會發現大量幽藍毫不停歇地極力擴展它的勢力範圍，彷彿要將整座繁星市納入其中。

可就在幽藍色勢力終於逼臨到市界邊緣的刹那。

本應當在入夜時分才會亮起的城市路燈乍地閃爍，旋即水銀色燈光大亮，一盞接著一盞，以超乎想像的速度串聯起來。

當所有路燈如星光般在繁星市裡亮起，城市的正上方瞬間一口氣交織出無數道銀色光絲，像座巨大無比的鳥籠，兜頭將繁星市完全籠罩在裡面。

使得籠外的人無法進入，籠內的人亦不得外出。

而這發生在繁星市的一切景象，都透過眾多飛翔在高空的金屬球體，忠實地傳遞到神使公會內……

看著藉由開發部研發出來的傳像儀傳來的畫面，胡十炎慢慢收回按在「點燈鍵」上的手，吐出一口氣，一屁股跌坐回自己專屬的皮椅內。

這些許聲響似乎驚醒了空間內的所有人，原先緊盯大螢幕的一雙雙眼睛反射性望向胡十炎，既像在尋求下一步指示，又像在等待一個確認。

確認污染之力是否成功被阻攔下來了。

「哎，還傻著不動是要做什麼？」出聲的赫然是坐在胡十炎身側的范相思。挑染著橘色劉海的短髮劍靈勾起狡猾的笑弧，貓兒眼眨了眨，一柄造型奇特的摺扇敲在掌心上。

「是打算奉獻你們的荷包給本姑娘嗎？既然如此……」眼見眾人露出驚恐表情，卻仍堅持待在原地，彷彿非要等到答案，范相思也不刁難了，爽俐的笑意躍上眉眼，「污染現在被困在我們市裡沒錯，一時半刻流不出去。換句話說，把握時機，趕緊做事哪。」

「明白！」

「了解！」

精神十足的喊聲頓時齊齊迴盪在這處本來是監控室，在胡十炎的一聲令下，利用胡里梨的香渦之力改造成「作戰本部」的空間裡。

雖然事情尚未落幕，或者說還僅僅只是開始，但這已稱得上是順利的發展，足以令留守在公會的成員感到振奮。

只見眾人立刻重新投入各自的工作，多道身影在作戰本部來來回回地穿梭，時不時還能聽見吆喝聲從另一頭傳至這頭。

環立在牆面上的大小螢幕繼續播放即時由各地傳回的影像，方便公會能在第一時間做出匯報，發出下一步指示。

相較於下屬的忙碌，坐在高處的胡十炎和范相思顯得清閒得突兀。

事實上，這是公會眾人達成的共識。除非須要做重大的定奪，否則盡量不打擾他們的會長和執行部部長。

胡十炎本就是還得多加休養的傷患，加上又分出一尾力量給安萬里，因此他的左右還隨侍著幾隻開發部派出的護士裝綿羊玩偶，時刻留意他的狀況。

而范相思，她皮膚上的裂痕已擴散至臉頰，半邊身軀幾乎都被那可怕的紋路佔據。那是她力量使用過度，身子不堪負荷的證明。

公會的人都明白，那不光是她率眾對抗蒼淚或怠墮的緣故，更主要的原因是……

「喵，老大、相思大人，灰幻大人過來了！」

突來的一聲叫喚，使得胡十炎和范相思的注意力一併從螢幕上轉回。

穿著紅衣的甲乙迅速退開，將空間留給三位上司。

灰髮灰瞳的特援部部長大步走來，服裝依舊是一成不變的灰色系，臉孔線條繃得緊緊，替外表的青稚增添了幾分冷厲和嚴峻。

似乎本能地對灰幻的到來感到敬畏，奔波的公會成員們立即降低音量，充斥在作戰本部的吵雜聲跟著轉小。

灰幻無視簡直像逃開的甲乙，他朝胡十炎點點頭，「老大，如你所料，另外兩家果然也有人過來繁星了。」

「那兩家？」范相思挑挑眉，「你不是沒有要讓他們蹚渾水的意思？老大，你改變主意了？」

「本大爺豈會是那麼三心二意的狐狸？我只是之前派人送點東西過去，告訴他們，如果近期有來繁星玩，沒把那些東西放身上的話，後果就自行負責。」胡十炎雲淡風輕地說，沒多加解釋句裡的「東西」指的是何物。

不過范相思豈會猜不出來，自然明白胡十炎派人送出的，定是能使人不受污染影響的點燈符。

「那他們人呢？現在是在誰的區域裡面？」范相思再問道。

「不在我這區。」灰幻不耐煩地回答，「這種無聊事是需要妳擔心的嗎？既然那些蠢小鬼敢來，就該對自己的安危有心理準備，除非他們眞蠢到連思考這種小事的腦袋也沒帶在身上。更不用說，妳該注意的從來就不是他們。」

灰幻的語氣沒有特別起伏，卻足以令作戰本部的人們嗅到一股火氣。

「哎呀，那本姑娘該注意的是什麼？」范相思有如毫無所覺，一手托著腮，笑咪咪地反問。

即使清楚現在正處於戰事中，所有人還是忍不住暗暗拉長耳朵，或是用眼角餘光極力地瞄覷。

這根本是公會歷史上重大的一刻。

他們的執行部部長……居然首次主動挑起感情話題！

灰幻可不管那些自以爲藏得小心的目光，他繃著臉，二話不說地上前，俯下身，稍嫌冰涼的嘴唇以看似粗暴實則溫柔的力道，貼在了范相思的額頭上。

「只能注意我。」灰幻斷聲地說。

胡十炎吃驚得不禁直起背脊，金眸張大。

可接下來發生的事，才眞正教人目瞪口呆。

只聞范相思發出了咂舌聲，一雙手迅雷不及掩耳地抓住灰幻的手臂，卻不是如他人猜想般將他推開，竟反將對方一把拉下。

然後另一份柔軟的觸感，落在了灰髮少年因驚訝而來不及閉闔的嘴巴上。

縱使只是短短數秒，但不管從哪個角度看，這都是個貨眞價實的親吻沒錯。

范相思，親了，灰幻。

這個爆炸性的畫面衝擊進所有人的大腦裡，作戰本部內頓時一片鴉雀無聲，唯有透過螢幕傳來的各種聲響最是清晰。

胡十炎不只挺直背脊，他震驚到整個人都站起來了。

如果他的心聲可以具現化出來，估計頭頂上現在正刷過一串串的「眞的假的？」、「居然眞的等到這一天了！」之類的文字。

身爲當事人之一的灰幻就像當機般，整個人都懵了，腦海被大片空白佔領，完全無法多做思考。

他怔怔地盯著范相思，那張素來嚴厲不近人情的臉孔由於偌大的吃驚，反倒意外地流露出孩子氣。

「哈囉，回魂唷。」主動送上親吻的范相思卻是老神在在。她勾起狡黠的笑意，揚手對著未回神的灰幻揮揮，「你這反應對本姑娘來說打擊很大耶。啊，難不成你眞的不喜歡半邊都裂開的……」

范相思從容的話無預警被打斷，她瞪圓了貓兒眼，這次換她的嘴唇被人嚴實地堵住。

灰幻眼神褪去怔然，鑲有一圈蒼白虹膜的眼瞳散發如野獸的狠勁。

他很快抽退身子，轉頭衝著呆若木雞的公會眾人冷酷咆哮，「看屁啊！是忘記自己要做什麼事了嗎？信不信把你們派不上用場的手腳打斷！三秒給你們，工作！三！」

盤旋在偌大空間的鴉雀無聲瞬時被打得碎裂，上一秒腳底還像生根的人們，這一秒就像腳下突然冒火，急急蹦跳起來，飛速奔往自己的工作崗位。
灰幻哼了一聲，再對范相思說，「我錄音了，妳不能反悔，也別想反悔。」
「啊……」范相思下意識應了一聲，似乎沒料到自己會反被調戲。
灰幻很滿意地點點頭，就算待會要去面對一堆被瘴異入侵的蠢貨，也不影響他現在的好心情。
「老大，我們會凱旋歸來的。」灰幻一字字堅定地說。
「大爺我也不接受這以外的選擇。」胡十炎咧嘴一笑，霸氣環繞周身。
灰幻簡單地彎身行了個禮，隨即大步離開作戰本部，他的戰場在繁星市東區。
「沒有見證到這麼歷史性的一刻，老妖怪大概會扼腕死了……」胡十炎嘖嘖地說道，將自己往椅內一拋，雙手搭在寬大的扶手上，「所以你們倆，確定是成了？」
「八卦別人的戀愛會被里梨打飛的，老大。」范相思緩過神來，一貫調笑地回答，只是耳朵尖還殘留未褪的紅。
「我只聽過妨礙談戀愛會被馬踢，我書讀很多，別想唬我。」胡十炎揚高眉毛，可他話聲剛落，天花板上倏地墜下一團黑暗。
就在黑暗如濺開的水花綻放之際，嬌小的粉色人影也躍入胡十炎他們的視野內。
胡十炎心裡一咯咚，剛才話裡出現的名字，此時居然真的跳出來了。

難不成，眞的會被打飛嗎？

胡里梨哪裡知道胡十炎的心思，她抬起粉嫩的小臉，紫晶色大眼閃動慌張。

「她醒過來了！可可大人她醒了！而且還往……」胡里梨來不及把地點說出，一陣往這快速接近的急促腳步聲就先揭曉了答案。

一抹纖細人影匆匆闖入作戰本部，那張俏麗的臉蛋格外蒼白，可一雙大眼就像是有劇烈的火焰在灼燒，乍看下竟有幾分淒厲。

就連范相思也斂起笑意，唇線抿直。

那是蔚可可。

目睹自己最好的朋友被挖出心臟，進而變爲結晶碎裂的蔚可可，終於從昏迷中甦醒。

「里梨，蔚可可她知道了多少？」胡十炎沉聲問。

「多少……可可大人她知道怠墮重生，其他人都趕去阻止，還有污染要波及整座繁星市……」胡里梨努力地回想著自己究竟透露過哪些，「里梨我應該就只說那麼多了……」

「老大……」蔚可可抓著門框，看起來仍有些搖搖欲墜，但背又挺得如此直，「我也要……我也要去幫忙其他人。宮一刻他們去了，我哥也去了，我也要去……請讓我過去！」

「爲什麼？」胡十炎開口時，身影一閃，再出現時已在蔚可可面前。

胡十炎聲音平淡，目光卻是鋒利如刀，宛如要一寸寸剖挖進人的心臟裡。

「為什麼我該讓妳去？如果是想幫冬語報仇，倒不如別去了，省得妳的內心被瘴異入侵，增加我方的麻煩。」

猛一聽到秋冬語的名字，蔚可可臉上閃過一瞬扭曲，眸裡更是滲溢出痛苦。然而她依然直挺著身軀，奮力將那些灼燙酸澀的情緒嚥下，只是吐出的聲音終於控制不住顫抖。

「我、我……」蔚可可聽起來似乎快哭出來了，但她頑強地把哽在喉頭的每一字都擠出來，「不想報仇什麼的，絕對絕對是騙人……可是比起這個，我現在更想做的是幫小語……幫小語……」

蔚可可急促地深呼吸，攢緊手指，像是沒有發現到淚水從眼眶裡滾落，滑下臉頰。

「保護她最喜歡的繁星市……我自己，也很喜歡這裡啊……」

那微弱的語調卻恍如強力漣漪擴散，久久在作戰本部裡迴盪不消。

胡十炎並沒有明確地給出回答，他只是輕吁了一口氣，拿出一條手帕遞給蔚可可。

「丫頭，把眼淚擦一擦。灰幻可沒興趣看到一張花臉，他討厭人哭哭啼啼的。」

「咦？」蔚可可擦臉動作一頓，泛紅的眸子緊張地望著胡十炎，對方的言下之意簡直就像……

「灰幻大概還沒走遠。」胡十炎聳聳肩膀。

蔚可可馬上反應過來，連忙衝出門。

可下一瞬，那抹纖細人影又風風火火地跑回來。

蔚可可緊急煞住腳步，用力朝胡十炎彎腰行了個禮。

「謝謝你，老大！手帕我之後洗好再還給你……我會努力的！」

也不管胡十炎有沒有給予回應，蔚可可這次頭也不回地奔了出去，堅定不退卻地奔向她的戰場。

□

總是在二環賣麵的阿義現在無比後悔了。

他是名狸貓妖怪，同時也是循規蹈矩的繁星市市民，沒什麼偉大的抱負，只希望能在這座城市裡安穩生活著。

對於暗中維持市裡妖怪秩序的神使公會，他也一向抱持著合作的態度。

只不過就在前一日，包括他在內的全市妖怪，都收到了來自公會的通知，要他們能離開繁星市就暫時離開個幾天，真正原因卻沒多加說明。

雖然公會不會無來由地發布這樣的指示，可在不明究竟的情況下，有部分妖怪仍選擇留下，不將那通知當作一回事。

阿義也是留下的妖怪之一。

他一點也不想無故離開這裡，況且他還有生意要做呢。那些老客人都會按時到他的麵攤報到，他不想讓他們撲空。

不過阿義的內心深處，也有一道聲音叫他別忽視公會的通知。

神使公會不會做毫無意義的事。

於是阿義雖然留下了，還是將家人先送到外縣市的親戚那。

如果到時眞有什麼危險，就由他一人來面對吧。

而在「那件事」發生前，阿義其實都不太相信會出現什麼危險。他今天還特地提早到二環做生意，立刻就有幾名熟客上門。

可突然間，前方馬路傳來了驚愕尖叫。

不管是阿義還是吃麵的客人馬上抬起頭，想知道究竟發生什麼事。

這一看，饒是身爲妖怪的阿義也目瞪口呆，手上拿著的空碗不自覺鬆脫，砸到了地上。

越來越多驚慌叫喊響起。

凡是目睹那一幕的人們都陷入了震驚或慌亂中，也有少部分人感到興奮。

不管如何，那都是非現實般的畫面。

幽藍色的詭異煙氣像滾滾洪水，前仆後繼地朝二環湧來。它在刹那間漫淹至林立兩邊的屋宅，沖刷過大街小巷。

無論是慌張奔跑的人們，或是留在原地拿著手機拍照的人們，轉眼間就被有如猙獰蛟龍的幽藍吞沒。

然後，那些直挺挺站著的人影頓時一個個倒了下去，毫無例外。

那些……到底是什麼？

那陣像是大洪水的幽藍色，到底是什麼？

阿義本能地發抖，身子控制不住哆嗦，就連注意逃跑的客人有沒有付帳的餘力都沒有。

他現在眞的無比後悔。

他果然該聽公會的話，離開繁星市的！

阿義內心的悲鳴來不及逸出喉嚨，視野頓被大片藍色徹底覆蓋，大腦內的意識就像被無數隻手拉離，取而代之的是一股奇異狂暴的情緒急遽上升，直到吞噬他整個人。

在熟客眼中，只有外表凶惡、內心其實是名老好人的麵攤老闆忽地出現異變。他雙眼裡有詭異的幽藍遊走，皮膚底下也像有東西掙動，好似隨時要突破而出。

與此同時，尋常人看不見的黑線正從他的心口鑽出，長度不停增加，終於碰觸到地面。

瞬間，黑色的影子從路面下竄出，咬住黑線末端，猶如一隻被釣起的恐怖漆黑大魚。

黑影在半空猛地攤展，像大片黑布，將阿義從頭到腳包覆住。

不到片刻，一個外表駭人的怪物取代了阿義原本站立的位置，一雙眼睛則像淋了鮮血般猩紅。

被瘴入侵的阿義發出吼聲，從二環附近的巷弄裡也冒出不少身影，清一色都不再擁有人類的外形。

清一色都是妖怪。

被瘴/瘴異入侵或是遭受污染的妖怪們，率先將目標放在那些不醒人事的脆弱人類身上。比起自相殘殺，它們更熱衷於享用路上不會反抗的大餐。

一張張血盆大口裂開，貪婪、殺戮在血紅或者幽藍的眼瞳內閃動。

可就在鋒利的爪子即將碰觸到那些人類之際，猝然間，多道柔軟紅紗平空浮現，將數名妖怪手臂纏捲住。

以爲沒有殺傷力的紅紗霎時竟轉化如金屬鋒利，硬生生削斷了數隻臂膀。

斷手整齊掉墜在路面上，鮮血像泉水噴濺。

在慘叫和驚疑的喊聲之中，一抹穿著醫生白袍的妖媚人影率著一小隊人馬出現。

桃紅色的長鬈髮被潔白手指一撥，露出了形狀姣好的耳殼，上頭還佩戴著一枚耳機。

妖怪從這名容姿嫵媚嬌艷、穿著大膽暴露的女子身上，感受到非比尋常的妖氣。可是對方既未被血紅或幽藍入侵的桃色眼睛，令它們本能地知道——

那不是同伴，是敵人。

「二、三、四小隊顧好自己的崗位，讓那些傢伙明白開發部的人可不是只會做實驗……呵呵，咱們呀，可是更喜歡親自抓人去做實驗呢。」紅綃揚起媚笑，吐出令聽聞者心驚膽跳的危險發言。

「屬下收到！」耳機內立刻傳出回應，「紅綃大人，須要再分出點人手去幫忙警衛部嗎？畢竟惠先生他們那有將近一半組員是人類……」

「清醒一點，人家就算是人類，也是從神使位子上退休下來的。搭上我們部門特地研發的武器，武力值可是不容小覷，不然怎麼會是警衛部的？更何況，執行部的人也會分散到各區支援。」

「啊，明白！」

「好了，各自做各的事去吧。一小隊就和奴家一起替二環做個垃圾清理，有適合回收的，別忘記好好回收，務必讓我們開發部負責的西區……」

紅綃的笑容妖豔又冷酷。

「乾、乾、淨、淨、哪。」

□

闃黑的火焰挾帶猛烈威力，如旋風般橫掃過成群逼近的妖怪。

然而就算遭到火焰的傷害，被污染的妖怪們仍舊不知退卻，想要傷害他人、破壞他物的衝動佔據了原本的意志。

所有阻礙的存在都是它們的敵人。

既然是敵人，就該消滅！

「眞麻煩，這種像蟑螂一樣打不退的傢伙最耗體力了……就算我還年輕，也不喜歡一再重複同樣的動作啊。」一身黑西裝、梳了個背頭，還戴著墨鏡的中年男子懊惱地大嘆口氣。

陽光在他胸前的金屬名牌上折射出閃光，「惠先生」三字顯得若隱若現。

常人看到會以爲從事黑道工作，實際上是統率神使公會警衛部的惠先生，像是滿懷惆悵地嘆息。他摘下向來不離身的墨鏡，露出一雙詭譎的異色眼睛。

黑底白瞳，正是他非人類的證明。

惠先生小心地收好墨鏡，另一手同時狀似隨意地一彈指，瞬間一圈漆黑火焰成形，頃刻幻化出一道道火焰人形。

「要好好體恤年輕人才行啦，你們這些不聽勸的混帳！」凶獰笑容在惠先生臉上浮現。

對待同伴是老好人，對待敵人就是咄咄逼人不留餘地。

惠先生的一聲大喝下，由黑焰塑成的人形宛如訓練有素的士兵，飛快朝周圍敵人衝去，很快就換來了妖怪的哀嚎，以及另一批制服人馬的火大咒罵。

「我操你個王八蛋！老惠，你是想連我們一塊燒了嗎？人家執行部的小朋友來支援，你好意思讓他們光著屁股回公會？」

「老子的制服被燒出洞了啊！公費，給老子出公費！」

「出公費再加一！」

「加二！」

「加三！」

「還有明明就是我們之中最老的混蛋，居然還在那裝什麼年輕？」

「老惠不要臉！」

「不要臉加一！」

「加二！」

渾厚粗壯的大吼此起彼落地在和平中心碑附近響起，形成了一波大合唱。至於被點到名的「小朋友們」則是尷尬地笑了笑，隨即裝作沒聽見前輩的吐槽，全心投入戰鬥中。

警衛部此舉，無疑大大刺激到部分雙眼染爲血紅的瘴異。

利用污染之力奪佔了新身體的瘴異們只覺大爲光火。除了那個黑西裝、操控黑色火焰的是名妖怪外，其他一票穿著深藍制服、外貌明顯步入中年的傢伙分明就是人類。

人類就該像螻蟻一樣，乖乖地被捏死……而不是揮舞著有辦法對它們造成傷害的武器，在那可恨地叫囂！

「呸呸呸！誰不要臉了啊！」蓋過大合唱的洪亮怒吼有力砸下，惠先生一邊靈活一拳揮擊向受到污染的妖怪，一邊頭也不回地與自己部下展開對嗆，「和老大他們比起來，我可是最年輕的那個沒錯！」

「外表最老。」有人嘀咕地說道。

「老苗！不要以爲我沒聽到你說我壞話！」

「靠靠靠！你這年紀破百的不准再喊我老苗！跟你一比，我好歹也是小苗好不好！」

「嗚噁，我要吐了……苗錦關，原來你也很不要臉……」

「喂，第三隊的不要偷聽第二隊的談話！老杜，你們當心分心閃到腰！」

「怪我們嗎？還不是你們自己切到警衛部和執行部的共用頻道，你害得我們這裡的小朋友都要反胃了。」

「呃，不……絕對沒有那回事的，苗叔你別相信。我們最多是覺得，胃有點不太舒服而已……」

明明就該是危急緊張的戰鬥，可是瘴異眼前的制服人類卻活像是在參加什麼有趣的祭典，那一張張臉孔上流露的是興奮高昂的表情，眼神如同猛禽。

瘴異無法忍受。

「只不過是卑賤的人類……只不過是區區的人類啊！」紅眼怪物憤怒高吼，頓見多具怪異身軀霍然脹大，起了更嚇人的變化。

巨大的手臂猝不及防朝幾名警衛部成員橫掃，眼看就要將那些相對瘦小的身影當作保齡球般一舉擊飛。

但瞬息間，更快插入的是一道平板稚嫩的嗓音。

「兵武，現。」

旋即冷冽白光驟閃。

那隻巨大手臂朝另一個角度飛出，再「砰」地砸落在路面上。

「人類，不是蛆蛆。」輕巧落入瘴異視線中的，是名身形嬌小迷你的白髮小女孩。

雪白的長長髮絲側綁成滑順的馬尾，鮮紅的大眼睛淡然無波，像是玻璃鏡映照著所見到的一切。一身肌膚格外白皙，就像被剝離了色素，隱約呈現出一抹剔透。

在由蕾絲和花邊堆疊起的白洋裝的包裹下，小女孩如同一尊不屬人世的雪娃娃。

正沉浸在斷臂震驚中的瘴異乍一見到白髮紅眼的小女孩，還以爲也是自己的同胞。可它很快驚覺過來，那也是人類，還是專門狩獵妖怪的該死狩妖……！

瘴異思緒中斷，不單是因爲聽見另一人在說話。

「不是蛆，是地區的區。」

更重要的是，它看見自己的身體離自己越來越遠。

如果它的身體還站著不動，那爲什麼……

等到那瘴異醒悟到有人砍下了它的頭，那顆腦袋也終於滾落在地，大張的血紅雙眼倒映入一道鬼魅般的高瘦人影。

灰色的髮絲從黑色兜帽下頑強鑽出，幾乎與人等身高的銀紫旋刃被單手扛在肩上，閃耀著絢麗光芒。

和白髮小女孩有若呈對比的黑衣青年無聲無息地踩踏上路面，兜帽陰影下是張毫無幹勁的臉。

倘若不是那雙灰瞳天生透著凌厲感，青年看起來就像隨時會打個呵欠，找處地方隨意睡下。

「不是虫部？」絲毫不在意自己站在青年身邊會顯得格外迷你，小女孩仰起頭，面無表情地問。

「不是。」青年溫吞地說。和提不起勁的語氣相反，他散發出的靈力簡直強大凶猛得不可思議。

小女孩的紅眸像是因震驚微微瞠大，還能聽見她正經八百又扼腕地說了句，「失誤。」

忽然闖入和平中心碑地帶的一大一小，令妖怪一方頓感忌憚。

同樣地，也讓負責此處的警衛部第二小隊和數名神使感到錯愕。

有人覺得對方眼生，也有人覺得似乎在哪裡見過。

惠先生卻是一眼就認出來人身分了。

除了胡十炎曾事先交代外，身爲警衛部部長，惠先生又怎不認得狩妖士三大家中的……

「啊！是維安的妹妹！那小子老是跟人炫耀自己妹妹超級無敵可愛……可惡，原來不是他作夢幻想出來的嗎？那我以後就不能跟他說『醒醒吧，你根本沒有妹妹』了啊！」

「但看起來，好像更像那個宮小弟的妹妹，都白頭髮嘛。」

「另一個長過頭的……喔喔，我想起來了，是維安曾帶回公會的朋友！等等，我記得他好像是哪家的……」

「是黑家的下任家主候選人。」惠先生身形一晃，倏地出現在自己部下身後，揚手就往其中兩人後腦一搧，「你們幾個注意點，另一個小姑娘可是符家現任家主。黑家的叫黑令，小姑娘叫符芍音。不好意思啊，這群傢伙都是大老粗……沒嚇到小姑娘妳吧？」

「沒。」符芍音搖搖頭，再低下頭。「哥哥，受照顧。」

那一本正經的可愛模樣，瞬間令一群大男人心都要化了，暗地裡忍不住對柯維安群起撻伎，不敢相信那個和會長、副會長並列爲三大變態的臭小子，居然有這麼惹人憐愛的妹妹。

就在這時，遠方忽地傳來焦急的喊叫。

「小小姐！」

「小小姐，妳跑太快了啊！」

「不是說好不會單獨……嚇啊！這裡的妖怪數量會不會太誇張了？我以爲路上看見的就已經夠扯了！」

「小伍，小小姐身邊就有個可疑妖怪啊！」

「什麼？靠，眞的！還是可疑的大叔！」

一邊心急大喊，一邊疾步奔來的是兩名年紀相仿的少年。外表沒有太顯著的特色，是只要丟入人群，很快就會找不出來的類型。

然而這兩名看似普通的少年，他們指間驀地出現了一點也不普通的符紙。

「壹行、貳令。」

「參執、肆命。」

「兵武速現！」

宛如咒語的喝聲一溢出，伍書響、陸梧桐的符紙立即化作凶戾武器，眼看就要脫出他們掌心，擲射向符芍音身邊的惠先生。

被稱作「可疑大叔」的警衛部部長黑了臉，青筋在太陽穴跳動。

不過伍書饗兩人還來不及眞的發動攻擊，稚氣又飽含威凜的兩字猛地橫插進雙方之間。

「不可。」

接著冷光似一束閃電，猛地劈落在兩人面前。

散發森冷光芒的斬馬刀成功阻止了伍書饗和陸梧桐。

兩名少年硬生生收住腳步，手中武器下意識攢得死緊。

「小小姐？」

「爲什麼……」

「沒禮貌，不好。」符芍音面無表情地舉起雙手，在胸前比出一個「×」，「朋友，哥哥的。」

聞言，伍書饗和陸梧桐訕訕地放下高舉的武器，意會過來那是神使公會的人。

「幫忙！」符芍音鏗鏘有力地說。

「是！」對於個頭比自己嬌小太多的小女孩的命令，不管是伍書饗或陸梧桐，皆是反射性比出了個敬禮的手勢。

突然闖進戰圈的人影雖然造成了騷動，卻也無法阻止混亂的蔓延。

幫忙擋住外圈攻擊的警衛部成員很快回頭催促。

「老惠，別和小朋友聊天了！」

「應該叫小小朋友吧？小朋友是執行部的……」

「其實我們不介意稱呼，眞的。」

「總之別和他們聊天了！這群王八蛋眞的煩死人了啊！」

「頂住！想被人家小朋友看笑話嗎？」惠先生吼了回去，「把那些王八蛋都放倒，老大說不定就會回復我們部的宵夜和下午茶津貼了！」

「唔喔喔喔喔喔喔！」

「衝了啦！」

惠先生的一番話比任何激勵還有效果，立即就見警衛部眾人士氣大振，發出了威武響亮的大吼。

伍書響、陸梧桐看看這又看看那，隨後也跟著跳進了戰場，與公會的人一同並肩對抗瘴異或失去本心的妖怪。

「你們先等一下。」惠先生冷不防喊住了黑令和符芍音，黑底白瞳的奇異雙眼瞬也不瞬地注視兩人，眼中像有冷峻的火焰晃曳，「你們，是代表黑家和符家前來？這是妖怪間的事，而你們背後代表的，可是狩妖士家族。」

「不是狩妖，是幫哥哥。」符芍音張開手指，和她身高呈強烈對比的斬馬刀回到手上，刀身映著她微帶嬰兒肥的小臉側面，如寶石的紅眼睛凜然堅定，「妹妹的責任。」

「我只是，來幫忙朋友而已，和黑家本身沒有任何關係。」黑令慢吞吞地說，他扛著旋刃，直接選了一個妖怪眾多的方向踱步過去，漫不經心的姿態宛如是在進行午後散步，「朋友間，聽說該互相幫助？不知道的話，建議可以上網去找。」

惠先生第一次體會到，為何柯維安總是抱怨和黑令溝通簡直像是和外星人說話，往往都在不同頻道上。

他活了百年，還是頭一回被一個十幾歲的小朋友要他多上網，好學習人際關係的常識。那個神經迴路的構造到底是……惠先生哭笑不得，但下一秒他整好表情，戴上墨鏡，強力的指令伴隨黑焰炸裂直沖雲霄。

「要是幹勁還輸給小朋友們，就把你們調派到開發部出賣肉體了啊！絕對不准讓南區失守，否則我們可也沒臉面對正在幫公會守住外圈的同伴了！」

□

繁星市市郊盡是銀白光絲交錯豎立，有如欄杆般從天際垂墜至地面上。遠看就像是一座龐大得超乎想像的光之鳥籠，將這座城市的一切收納裡中。

而在光籠的內側，可以見到奇異的幽藍氣體既像山嵐，又像滾動潮水盤踞不散，彷彿在想方設法地試圖掙脫出去。

可即使絲線之間有著縫隙，那些幽藍也無法穿越，就好像有堵看不見的透明障壁，嚴嚴實實地將它們全攔阻下來。

只不過這離奇的不可思議光景，卻沒有引來任何騷動和喧譁。

這是自然的。

因爲繁星市裡的民眾皆因污染之力陷入了昏睡；至於市界外平時該有的車潮，則是消失無蹤，不復以往的絡繹不絕。

神使公會事先架設的結界，成功扼止了一般人想往這靠近的打算。

只要稍微一接觸到限定範圍，人們的心裡就會反射性浮起繞開繁星市的想法。

不知道爲什麼，就是不想過去，好像有不好的東西……

啊啊，還是繞道吧……

諸如此類的念頭閃逝而過。

於是方圓數十公里的市郊地帶，頓時不見人煙。

但是，卻不是空空蕩蕩。

有大量異於人類的身影正從不同方向一波波朝繁星市前來。它們大多披著非人的詭異外貌，看起來怵目嚇人。

在人類口中，它們擁有著同樣的名字——妖怪。

這些尚未能化出完整人形，等級也低下的妖怪雖然來自四面八方，但目標是一致的。

它們要進入繁星市，它們要佔據那飄散出惑人氣味的美好存在。

被困在光籠內的幽藍氣體在那些妖怪眼中看來，無疑是難以抗拒的寶物。

它們不曉得那是什麼，可不管如何都渴望得到。

然而就在第一批黑壓壓的身影即將接近光籠，說時遲、那時快，熾烈耀眼的金色火球從天飛降，席捲而來的一片烈焰，即刻使得退避不及的妖怪發出驚慌尖叫。

很快地，驚叫迅速蔓延。

不光最前方襲來金焰，周遭多側竟也猛地燃現一團團火球。

只是這些火焰的顏色，是平常能見的赤紅，宛如與最先出現的金焰做出了區隔。

在妖怪們慌亂無措的騷動中，光籠的正前方平空再燃捲出一圈圈金黃火焰，一步之遠的後方則是眾多鮮紅烈火林立。

高溫和奪目的光芒逼得想上前的妖怪反射性後退。

從中央的金焰裡，率先步出一抹纖弱人影。

金褐色的長髮似流水垂散在背後，柔美的白皙臉蛋上，一雙翦翦金眸有如濕潤湖水，有股我見猶憐的脆弱氣質，令人見了忍不住生起保護之心。

頭頂兩側的金褐狐狸耳朵，說明了這名美麗少女的種族身分。

可凡見到狐耳少女的妖怪，都不敢將之視爲弱者，反倒是一股戰慄從腳底直衝腦門。

如果不是光籠裡的寶物太過誘人，使人不顧一切，一些膽子小的妖怪早當場轉身逃跑。

因爲和少女天生的楚楚可憐氣質相反，從她身後伸展開的，是四條代表驚人力量的華麗尾巴。

四尾妖狐。

那可是活了四百年以上，稱得上是「大妖」的存在！

「副族長。」英氣煥發、容易使人誤認性別的紅髮少女自後上前一步，低頭對著少女恭敬說道：「其他地方也都部署完畢了。」

左柚點點頭，回望後方一眼——從赤火裡現身、穿著軍裝大衣的近衛們一字排開，站姿筆挺，隨時在等候她的命令——再看向前方被金焰和赤炎隔離的妖怪們。

她知道，過不久會出現更多妖怪。

受到污染之力吸引的妖怪，如今都已在前來繁星市的路途上。

但是，誰也別想通過。

「爲了族長和一刻他們……」金褐髮少女低語。她深吸一口氣，楚楚可憐的氣質瞬間被堅毅凜冽取代。她「唰」的一聲抽出佩在腰間的長劍，金眸似灼灼烈火，「以我妖狐族的尊嚴發誓，絕對不讓眼前之物——」

「越雷池一步！」

第十四章

好像有人在呼喚自己的名字，由遠至近，如同在黑暗裡突地出現一簇光亮。

接著光芒越轉越盛，進而勾勒出人影。

一刻、一刻。

一刻，起來了，你怎麼躺在這裡啊？

有聽到嗎？

「部下三號，妾身在叫你呀！」

帶著粗魯的手指猛地戳上一刻臉頰，童稚又滲著老氣橫秋的嬌軟嗓音不屈不撓地拔高。

「妾身要把你房間的繃帶小熊通通丟掉囉！」

「我操！誰敢動任何一隻熊，老子就跟他拚命！」無法忽視的關鍵字眼瞬時像戳到一刻心裡的開關，霍然睜眼的同時，他一手反射性猛地抓住在他臉頰上作亂的手指。

抓在掌心裡的滑嫩小手，頓時令一刻一愣；而撞入眼內的惱怒小臉，更是讓他整個人懵了。

「織……織女!?」一刻不敢置信地瞪大眼。

蹲在他身邊的小女孩有著一頭豐厚如鴉羽的美麗長黑髮，細眉大眼，精緻的臉蛋上還有著一抹與生俱來的傲氣。只不過那張小臉，此刻正因不滿而鼓著雙頰。

一刻絕不可能認錯，這分明就是將他家理所當然視爲自己家，差遣起他更是不遺餘力的織女，天帝的小女兒。

但是，爲什麼？織女不是應該去……去哪兒了呢？

一刻驀地呻吟一聲，眉毛擰起，感覺腦袋裡像有一排小人在掄著槌子敲敲打打。

「妳爲毛……會在這？」一刻忍著痛，還是將下意識浮現的疑問擠出，可換來的是織女驚詫的眼神。

「一刻，你睡傻了嗎？你家就是妾身家，妾身在自己的領地上有哪裡不對？眞是的，誰教你要睡到這種地方的，萬一感冒了怎麼辦？明天的布丁不就沒人幫妾身買了嗎？」織女抽回自己的手，改將掌心貼上一刻的額頭，「沒發燒哪。」

「媽啦，妳才發燒，妳全家才發燒。」一刻惱火地拍開那隻小手，先前感受到的溫情都被織女後半段發言破壞殆盡。

不過一刻從對方的話語裡捕捉到了訊息，他撐起身體，發現自己果然是待在最爲熟悉的家裡，不知道什麼緣故，躺在客廳地板上。

一刻看了一旁的沙發，心想自己難道是睡到從那上面滾下來的嗎？可是，他沒事幹嘛在那睡？

「一刻、部下三號？」似乎注意到一刻臉上茫茫然的神情，織女困惑又帶著擔心地伸手在他眼前揮揮，「你是妾身的孩子，妾身家不也是你家嗎？爲何要詛咒自己發燒呢？難不成眞的像妾身說的，撞壞腦袋了？」

「撞你媽啦！」一刻回過神，沒好氣地罵道：「妳這丫頭其實是希望我撞到失憶，忘記限制妳一天該吃多少布丁吧？」

「居然被你發現了！」織女大感震驚，眸子瞪圓。

「幹，還眞的喔……」一刻大翻白眼，從地上爬起，環視四周一景一物，「告訴妳，想都別想……」

一刻聲音忽地小了下去，他總覺得有哪裡不對勁。

可是，這明明就是他熟悉的家和熟悉的家人，是他最重要的一切。

「一刻，你確定你沒事嗎？別嚇妾身啊。」像是嗅到不尋常，織女拉住一刻的手，眉眼流露剎那的不安。

「我……」一刻想說我沒事，但心底深處好似有個微弱的聲音在極力反駁，告訴他，這不是他應該待的地方。

這很奇怪，如果他不該待在自己的家，那他應該……

一刻思緒驀地凝滯一瞬，腦海內閃現幾抹人影。

不是織女，而是其他人。

「爲什麼我會在這裡？」一刻冷不防又問道。

「哎？」織女眨了眨眼，臉上神情更困惑了，似乎不明白眼前的白髮男孩怎會糾結這點，「你問爲什麼……不然一刻你該在哪裡？不是吧，妾身隨口說說，你眞的失憶了？你不記得待會大家要一起出門玩嗎？所以妾身才來叫你的，結果卻看見你在地板上睡著了。」

織女的小臉不禁皺成一團，她往左右張望。

當一刻察覺對方相中客廳的長桌之際，那抹粉色嬌小人影已迅速踩跳上去，接著小手捧住他的臉，讓彼此間的距離縮得相當近。

「一刻，一加一等於多少？」

「喂！」一刻怒瞪一眼，只不過織女墨黑的大眼睛看起來比他還要有魄力，「二啦！我又沒變白痴，妳是把老子當成什麼了？」

一刻乾脆將額頭往前一撞，看似粗魯，實則沒什麼力道。

「妳不覺得我睡昏頭，才比較是稱得上合情合理的科學猜測……當我沒講。」

一刻慢一拍地醒悟到，在神明面前談科學這事，本身就已夠不科學了。

不過織女似乎接受了這個說法，她恍然大悟地點點頭，「也就是說，一刻你睡昏頭啦。快醒醒，別再作夢了，你還有帶妾身出去玩這個重責大任呢！」

「妳剛不是說大家……」

「對呀，妾身、喜鵲、夫君、你，還有莉奈跟小江，一家人要出去玩嘛。」織女跳下桌子，催促般地拉著一刻，「快快快，大家都在外面等了。」

宛如在呼應織女的話，走廊上突地傳來開門聲，隨後是另一道女聲響起。

「小一刻、織女，你們好了嗎？要出發囉！」

那是宮莉奈的聲音。

「部下三號，快點、快點！」織女不禁更心急了，像是擔心他們倆會被留下。

「急什麼？莉奈姊他們又不會真的跑掉，妳總要讓我拿個錢包吧。」一刻好氣又好笑地拍拍織女的腦袋，「還有我的手機……」

一刻下意識往口袋一掏，果然摸到了手機。隨著他的指尖劃過，螢幕也一併解鎖亮起。

一刻目光瞬間盯在手機桌布上。

那是一張多人合照，地點在像是社團辦公室的地方。

有自己，有一名娃娃臉男孩、一名長直髮穿著魔法少女服裝的女孩；一對外貌沒相似之處——除了同樣搶眼出色——可冷傲的氣質令他直覺是姊弟的男女；還有一名揚著和煦微笑，戴著細框眼鏡的斯文男子。

一刻張大了眼，腦內原先模糊閃現的人影霎時清晰起來。

這是不可思議社的全員合照，這是在安萬里還沒眞正成爲「守鑰」，秋冬語也尚未被符廓香挖出核心，崩解成結晶碎片前，所拍的照片。

與此同時，一刻內心那道微弱呼喚也猛地放大，在他胸口處強力撞擊。

這不是他應該待的地方，因爲這裡——根本就不是他的家！

盤旋在腦中的茫然就像一口氣被吹散的迷霧，消失得一乾二淨。凌厲焰火在一刻眼中閃現，被垂掩的眼睫遮著，以至於織女沒發現到。

擁有精緻五官的黑髮小女孩不解一刻突來的沉默，正打算鍥而不捨地再催促他加快速度，卻冷不防聽見了一句問話。

「蘇染他們，還有柯維安他們，人在哪裡？」

織女動作頓了下，接著回過身，困惑又理所當然地說道：「不知道呀。」

織女此時眉眼顯得天眞爛漫，單純如不解世事的孩童。

「他們又不是妾身的孩子，妾身爲什麼要關心他們的去處？一刻，你眞奇怪哪。」彷彿不覺自己吐出的句子摻雜著不符合稚氣外貌的殘酷，織女再次主動拉著一刻的手，「錢包早幫你帶上了。一刻，你就別再拖拖拉拉、婆婆媽媽了，妾身可不記得生過這樣一個不乾脆的孩子呢。」

如果換作平時，一刻一定會狠狠吐槽回去，順便附送幾記戳人的眼刀。

可前提是——那真的是織女。

「一刻？」發覺到後方的人怎樣都拽扯不動，如同腳底生根，織女轉過頭，隨後撞見了一雙危險狠戾的眼睛。

那是一刻看敵人時會有的眼神。

「老子可不記得曾被妳生過——妳是什麼東西？」一刻五指不客氣使勁，力氣大得足以讓一名大男人飆出眼淚，連聲痛號。

然而以往只要腦袋捱上輕輕一擊就會哇哇叫的小女孩，眼下竟像毫無所覺，似乎一點痛楚也沒有感受到。

不只如此，一刻還注意到先前進來催喊的宮莉奈聲音不曾再出現，像被無邊死寂吞噬。

「你問妾身？」織女眨了眨大眼睛，突地露出愉快的笑顏，「妾身啊……」

「吾，不也是織女嗎？」

從小女孩紅潤的嘴唇中，瞬時溢出的赫然是兩道截然不同的嗓音。一為稚幼，一為少女的低柔，還透著無窮無盡的惡意。

一刻瞳孔急遽收縮，凌厲的火焰燒燃成驚人火勢。

「怠墮！」一刻猛地將那抹披著織女外表的嬌小人形拽近，握緊的拳頭轉瞬遍布橘色神紋，毫不留情地轟砸出去。

砸中的卻是一團快速腐爛的黑色污泥。

一眨眼便失去人形外表的異質物潰散在一刻面前，同時客廳溫暖鮮明的色彩就像花朵枯萎，褪成腐朽般的色調。

「可惜，只差一點……」柔滑似黑夜的少女嗓音輕笑地說，找不出從何而來，只覺四面八方都充斥她的存在，「哎呀，只差一點呢，就能好好地將宮一刻你吞噬殆盡。就不知道你的朋友們有沒有這麼好運了。半神、半妖、半鬼，吾可非常期待你們，都成爲吾的『部分』哪。」

「妳他媽的想都別想！」一刻厲吼，怒意就像沸騰的大火竄湧。

對於自己家人被冒充、自己的朋友即將被傷害的怒火。

眼角餘光似乎捕捉到一抹由華美黑暗堆砌出來的人影，橘色神紋頓如植物枝蔓纏繞，延展在一刻疾迅揮出的拳頭上，閃耀出明澈光輝。

這一擊，就像一道流星飛劃過這腐朽的空間，進而迸綻。

霎時，蟄伏於深層的黑暗像受到驚動，驚慌失措地湧冒出來，有如高高噴濺起的漆黑水花，飛也似地從位於中心位置的白髮男孩身邊竄逃四散。

下一剎那，一刻眞正張開了眼睛。

湧入眼中的大片昏暗，令一刻瞬間產生了自己尚未脫離怠墮幻境的感覺。可緊接著周遭此起彼落浮現的細微聲響，讓他反射性地張望尋找。

當一刻瞧見那些分散在不遠處的熟悉身影時，懸吊至嗓子眼的心頓時放下了。

蘇染、蘇冉、柯維安、楊百罌、曲九江。

發出無意識囈聲的人，正是和一刻結伴至此的同伴，誰也沒少。

柯維安等人就像大夢初醒，即使張開雙眼、坐直了身體，一時半會間都像回不過神來。而緊皺的眉宇或是一閃而逝的惱火眼神，則在在顯示出，不管這幾名年輕人作了什麼夢——想必夢境內容都不是那麼愉快。

就和自己見到的一樣。一刻心裡閃過這樣的念頭，可同時也慶幸著，幸好自己重要的朋友安然無事，沒有受到怠墮的傷害。

「你們還好嗎？」不過一刻仍將關切問出口，倘若能從對方那獲得肯定的答覆，會使他的內心更加踏實。

這一聲突來的詢問，顯然令所有人一震，紛紛拉回意識。

「小白、甜心、哈尼！」柯維安向來是動作最大的人，他立刻張臂向一刻撲了過去，娃娃臉上驚悸猶存，一雙大眼睛還寫著「求安慰」三個字。

一刻對此的回應，就是眼疾手快地按住柯維安的腦袋，禁止他再越雷池一步。

「靠！你就不能好好地只選一個叫嗎？」一刻不客氣地加重力道，將柯維安往後一推，讓他和自己拉開距離，雖搖搖晃晃，但也不至於一屁股跌下。

「哈尼。」突然一道清冷女聲加入。

「甜……小白。」另一道不自在的女聲也說。從中間突兀的轉折來看，顯然仍無法坦率地順從心意。

一刻聞言一愣，隨後一翻白眼，沒好氣地吐槽道：「妳們倆搞毛啊？蘇染、楊百罌，別學柯維安那小子。」

不不不，小白，她們兩位女孩子肯定不是在學我鬧著玩的！柯維安在心裡拚命否認。雖說他看不出蘇染的表情有什麼不同，可是楊百罌的耳朵是紅得要滴血了。

難不成……小白眞的只將班代當作容易耳朵紅的女生嗎？

看著一刻絲毫不覺有異的表情，柯維安登時嘆了好長好長的一口氣。

……好吧，看樣子小白他的確是。

「幹嘛，你沒事嘆個什麼氣？那無比遺憾的眼神令人莫名火大。」一刻猜不透柯維安內心的想法，可就是無端感到不爽。

「遲鈍。」

這乍聽下完全就是自己心聲的兩個字，柯維安險些以爲是自個兒說漏嘴了，連忙擺出防禦姿勢。可隨即發現到，一刻凶狠的眼神不是針對自己，是甩射向他後方的曲九江。

「一如往常。」罕見地，就連蘇冉也像做結似地開口，還如同強調般聳聳肩膀。

就算兩人都沒加上主詞，一刻也明白是衝著自己來的，青筋在他的額角浮出。他惡狠狠地比出拇指往脖子抹劃的手勢，表示事情結束後，他們兩個都他媽的給他走著瞧。

「那個，小白……所以我們現在算是成功進來怠墮的空間了嗎？」爲免和敵人開戰前，己方先內鬨，柯維安趕忙插嘴，同時拋出積壓在心底的疑問，「是說很奇怪，我剛剛作了一個不太愉快的夢……」

柯維安此言一出，馬上收到來自他人的注視。

「怎樣的夢？」一刻大概猜得出，柯維安或許和自己一樣，碰上了類似的境遇。

「其實一開始很不錯的，但到後面……發現那根本不是自己想待的地方。那裡沒有小白你們，也沒有師父，光是這樣就比任何事還恐怖了。」柯維安搓搓手臂，難以抑制地打個哆嗦，「最可怕的是，起初完全不會發現哪裡不對勁……小白，你們呢？你們該不會也……」

見到一張張流露出嫌惡或是泛著鐵青的面孔，柯維安自動吞下話尾。從一刻他們的反應來看，答案顯而易見。

「我不知道那算是夢還是幻境，唯一可以確定的是，爛透了。」一刻語氣聽起來平靜，可裡頭滲出的「老子要宰了始作俑者」的意味濃厚，「我碰上了怠墮，所以這裡絕對是她該死的空間。而且雖然只是一瞥，但我看到的怠墮，輪廓仍有些不穩定。」

「不穩定？太棒了！」柯維安眼睛一亮，精神大振，那就表示她和蒼淚還沒完全融合，「小白，我們一定得把握住機會！」

「那還用你說嗎？」一刻嘴角扯開猙獰的弧度，「不管如何，先離開這地方。蘇染、蘇冉，你們有發現到什麼嗎？」

蘇染摘下眼鏡，蘇冉拿開耳機，環視了這片只能見到詭譎幽暗的區域。

那些死氣沉沉的色彩實際上以緩慢的速度翻湧著，就像一條慢速流淌的河流。

幾乎有志一同，兩人齊齊看向了同一方向。

接著，這對外貌相似的雙胞胎姊弟不約而同地舉起手指，言簡意賅地同聲說道：

「那邊。」

清冷與寂然的音調，疊出強而有力的兩個字。

一刻毫不懷疑自家青梅竹馬的結論，他點點頭，不加思索便帶眾人朝著那方向前行。

怠墮製造的這片空間，似乎只有昏暗一種色彩。

不論一刻他們走了多久，見到的都是相同景色，令人分辨不出東南西北，也無從知曉自己究竟身處何方。

這個單調死寂的空間如同沒有邊界，無止盡地延展再延展。

但即使如此，蘇染和蘇冉依舊能憑藉與生俱來的天賦，從一成不變的景物裡敏銳尋找出細微異樣，進而爲同伴指引方向。

不多久，呈現在眾人眼前的景象，便證明了他們的引導確實無誤。

霍然劃開昏暗，突兀地矗立在前方的，是三道不同色彩的高大門扉。

鮮紅、暗紫、幽青。

三道門靜靜矗立著，就像在等候一刻他們的到來。

六名年輕人登時停下腳步，凌厲目光落在門扉上。他們明白，這絕對不是裝飾用的。

顯而易見，這是爲了打散他們。

一刻緊皺眉頭，但還未等他對分組方式有個概念，有人率先打破了短暫的靜默。

「我和楊百罌一起行動。」是蘇染。

黑髮藍眼的女孩神情沉靜，態度果決得就像早已做好決定，沒有一絲躊躇。

楊百罌美眸微張大，彷彿驚訝於蘇染的主動提議。

但那抹訝色只是一瞬，當楊百罌瞥向了一刻，她似乎意識到什麼，接著淡淡點頭。

「無所謂，我沒有意見。」楊百罌同意。

一刻不禁怔了怔，他原先以爲蘇染會和蘇冉，或是找自己同組。恍然很快閃過一刻眼底，他頓地暗暗感慨，女孩子間的友情果然很不可思議啊。

只不過下一秒，柯維安的出聲卻是眞眞切切地讓一刻大吃一驚。

「我我我！我就跟蘇冉一組，當然是指男生的那位。」柯維安自告奮勇地舉起手，「甜心，你就跟曲九江勉強湊合一下。要是途中覺得空虛寂寞冷的話，歡迎事情結束後投入我的懷抱，我會好好安慰你的。」

「鬼才需要你的安慰。」一刻想也不想地回罵，隨後凶惡的目光轉爲狐疑，上上下下地打量柯維安好幾眼。

不是一刻自戀，可是按照以往經驗，柯維安向來是第一個緊巴自己不放的，這回居然破天荒地轉性了？

柯維安那小子……啥時跟蘇冉有交情了？

「可以。」沒想到，就連蘇冉也淡然頷首。

像是看穿一刻的困惑，柯維安咧嘴一笑，「哎唷，小白，聽說小別可以勝新婚，所以人家……」

「幹，你還是閉嘴好了。」一刻果斷地說，困惑頓如融雪般消失得乾乾淨淨。

「我不介意順便盯住瞻前不顧後的笨蛋。不過室友B，也許等事情結束後，我可以燒了你，省得小白一天到晚還必須跟你湊合。」曲九江拉開傲然的唇角，銀眸似有冰屑滑動。

「嗚呃！」柯維安笑容僵住，就像是想逃避危險，他飛快將一刻扯入話題裡，「小白，那門的選擇，要猜……」

「我們選青色。」一刻強勢打斷柯維安未盡的話，那稍嫌快速的話語，如同不允許他人有反駁的機會。

柯維安心下的愕然只是轉瞬，他瞳孔一縮，猛然明白一刻的用意。

幽青色，那是屬於情絲一族的色彩。

恐怕，那名白髮男孩是在擔心他會不會遇上怠墮分化出來的符廊香——因爲符廊香和情絲，都已是怠墮的「部分」。

柯維安喉頭發緊，胸口內一股暖流沖刷而過。

「小白，你果然是我的天使！」

「天你個大頭鬼，完全不明白你這結論是哪來的。」一刻不領情地白了一眼過去，「剩下的兩扇門，你們自己選……」

「紅色。」

「紫色。」

蘇染和蘇冉幾乎同時開口，兩人分別選擇了不同色彩。決定好各自負責開啓的門扉，一刻也不囉嗦，便邁步往青門走去。

「啊！等等等等！小白你等一下，我有東西還沒分給大家啊！」柯維安忙不迭地喊住一刻，接著從收放筆電的背包內拿出五顆流轉絢麗薄光的光球。

乍看下，像是色彩各異的美麗寶石。

紅色、黑色、白色，以及灰色和金色。

「正確來說，是范相思要我轉交給大家的。」面對一刻的不解，柯維安笑咪咪地解釋，並且直接將白色光球一把塞給對方，「然後這個，是范相思特別指定要給小白你的。」

「我？」

「對對對，就是限定甜心你。至於其他的……」

曲九江忽地一聲不吭伸來了手，取走當中的紅色光球。

柯維安眨眨眼，眼睫遮住刹那掠過的瞭然。他沒有質疑曲九江突來的動作，而是將灰色和金色的光球交給了蘇染那組，自己則是收下黑色的。

「最後，范相思的交代是……」柯維安認眞地說，「只能用一次，在自己覺得必要的時刻捏碎它……我想想，她的原句是什麼？噢，對了，『要是連何時重要都分不出來，就等著簽下財產讓渡書給本姑娘吧』。」

柯維安特意拔尖的嗓音一模仿起范相思，倒是維妙維肖。

一刻忍不住黑了臉，「靠夭啊，她想都別想！老子賺的錢可是爲了將來娶老婆用的……沒事要交代了吧？沒事的話就直接解散，只要記得，每個都要給我平安回來。」

一刻聲音驀地放低，神色嚴厲得不可思議，這表示他只接受肯定的答覆。

「明白！」柯維安迅速擺了個敬禮的手勢。

「你也是，一刻。」蘇冉舉起手，和一刻的拳頭輕撞一下。

沒有拖泥帶水，柯維安和蘇冉這組即刻往暗紫色門扉奔入。

「蘇染、楊百罌，妳們倆也多加小心。」就算知悉她們實力堅強，但兩人都是女孩子，一刻下意識多叮囑了幾句。

蘇染點頭，接著無預警上前。

在一刻納悶的注視下，清麗的長辮子女孩竟是猛地執起一刻的手，彎身在對方手背上留下親吻。

「我想了想，覺得這樣的台詞比『未來我每天都想吃到你煮的飯』還更淺顯易懂。」蘇染抬起藍眼睛，「一刻，我未來想跟你生孩子。」

一刻大腦當機，思考能力這當下離他遠去了。

然而就像是嫌給他的衝擊不夠，一刻仍處於懵傻狀態，就見楊百罌也表情嚴肅到緊繃地走向前。

容姿冷艷的褐髮女孩趁著這機會捧住一刻的臉頰，將他的頭往下拉，自己同時踮起腳尖，順勢將嘴唇貼上了他的前額。

「我……」楊百罌極力忍住羞恥和慌亂，可面龐已不自覺地飄上紅雲，「我未來想跟你成爲眞正的家人。不、不要問是哪一種，當然就只有那一種了。」

一刻大腦連重新啓動都沒辦法，繼續呈現當機狀態。

目睹兩名女孩子告白過程的曲九江挑高眉梢，沒有震驚沒有錯愕，只是不太滿意地做出評點，「身爲楊家的女人，重要台詞居然比別人還弱了一點。」

楊百罌惡狠狠地瞪向自家孿生弟弟，不過在面紅耳赤的情形下，震懾力削弱了好幾分。

「就……就是這樣。小白，你可以慢慢考慮。蘇染，我們走！」不等一刻回神，或者說不敢等一刻回神，直接面對他的反應，楊百罌拉著蘇染的手，雖然稱不上是落荒而逃，但離去的速度確實比平時來得快且倉促。

現在，僅剩幽青色的門尚未被開啓。

曲九江也不催促，慢悠悠地打了個呵欠，他猜一刻的緩衝時間也差不多要結束了。

果不其然，白髮男孩呆愣的表情在下一秒轉爲震驚，然後是驚慌失措，一向染著狠戾的眉眼，竟流露出不知如何是好的心情。

一刻自認不遲鈍——當然，基本上唯有他這麼認定——可他平常明明沒發現什麼端倪，爲什麼突然間……那個，不管是蘇染或楊百罌說的，聽起來都很像「告」開頭、「白」結尾的東西……

媽啦，這根本就是……不可能的吧！

「她們對……對我？」一刻前所未有地陷入慌亂，聲音結結巴巴，投向曲九江的眼神就像在尋求幫助。

在曲九江看來，現下一刻的反應，宛如慌張得不知該怎麼辦的孩童。

嗯，很有趣。曲九江愉快地想，有些惋惜自己沒帶手機在身上，不然就能錄下這難得的一幕了。

不過，也不可能讓他的神一直處於心神不定的狀態，他們還有礙眼的敵人得處理。怠墮。

曲九江想了想，決定採用一刻曾對他施行的辦法，他忽地抓住一刻的肩頭，前額不客氣地往對方的撞去。

響亮的一聲伴隨著霍然炸開的疼痛，霎時讓一刻從無措、不敢置信的情緒中脫離，取而代之的是髒話惱怒地飆罵出來。

「幹恁娘啊！曲九江你他媽的是太閒了嗎？啊？」一刻猙獰著臉，只要曲九江敢說是，他一定一拳揮出去。

「你才是太閒了，小白。」沒想到曲九江竟然像冷嘲熱諷般反把話扔回去，「現在，還有時間讓你想別的嗎？」

一刻一震，沸騰的情緒頓地冷卻下來。

「你不用去無視你剛聽到的，反正憑你的腦袋也做不到這事。」曲九江說，「但也沒人要你立刻去想。還是說，你的腦袋終於貧瘠到連這點小事也無法理解了？」

「謝謝你的提醒喔！」一刻從齒縫間擠出陰惻惻的聲音。曲九江的舉動確實讓他冷靜下來，雖然同時讓他感到另一層面的火大。

一刻深吸一口氣，拳頭握了又鬆開。重複幾次後，強迫自己將方才的那段記憶先打包放到最深處，不讓自己分心多想。

此刻該專注的只有一件事，消滅怠墮，阻止污染氾濫成災。

就某方面來說，一刻是個個性單純的人，所以才能迅速專心在一件事情上。

很快地，他的眼神就由混亂轉爲凌厲凜冽，像蓄勢待發、準備追擊獵物的猛獸。

最後一道幽青大門終於打開，猶如一張不懷好意的大嘴，將半神和他的神使不留情地一口吞入。

第十五章

柯維安向來是自來熟的個性，不管對誰都能笑咪咪地搭上幾句話。

當然，他也清楚有些人就是天生不喜歡與他人有所接觸。例如曲九江，例如灰幻，例如黑令……

不對，最後一個舉例錯誤了，那位根本是不知該如何與之溝通的外星人。

應該說，還有例如蘇冉。

柯維安對蘇冉認識不深，交集也不多。幾次接觸下來，除了知道他是一刻重要的青梅竹馬，還知道他天生「聽得見」人類無法察覺的聲音。

以及他寡言安靜，比起蘇染更加不易親近。

不過柯維安必須說，這不代表蘇冉不是一個好同伴。

事實上，單獨相處後，柯維安才發現蘇冉和他可是出乎意料地有話聊。

能夠彼此交換不同時期的小白生活點滴，簡直就是這趟路途上最大的驚喜啊！

柯維安喜孜孜地想著，娃娃臉上笑出一朵花，一邊和蘇冉達成了回去地面後交換照片的約定，一邊不忘留意周遭動靜。

自從他們兩人進入暗紫門扉後，迎接他們的依舊是滿眼的昏暗色調。如果不是確定自己跨過門，柯維安幾乎都要以爲他們仍在原地打轉。

即使四方安靜得過分，簡直死氣沉沉，柯維安也不敢掉以輕心。多次經驗告訴他，越是平靜，越是風雨欲來前的徵兆。

彷如印證柯維安的想法，突如其來，蘇冉吐出了充滿警戒意味的低低兩個字。

「小心。」

柯維安沒有多問小心什麼，反射性將背包滑至身前抱著，好使自己能在最短時間內做出應變。

既然蘇冉都說要小心了，那就表示他聽見不尋常、不對勁的聲音。

在這處詭異莫測的空間裡，那聲音都只可能是來自——敵人。

下一瞬間，就連柯維安都能聽到一陣窸窸窣窣的聲響，忽遠忽近，似乎無所不在。

緊接著，聲音距離拉近，像是從前後左右飛快鑽竄過去。

但聲音移動速度太快，就算是具備神使力量的兩名男孩子，也只勉強辨識出那是一道道矮小的黑影。

蘇冉臉頰浮現赤色花紋，像字又像圖騰的聚合體，如同火焰般佔去他臉部大半邊皮膚，襯得那雙色素淺淡的藍眼愈發冰澈冷冽。

可走在身側的柯維安能夠察覺到，那底下其實是蘊含著不亞於一刻的凶猛焰火。

隨著烙有紅紋的長刀在蘇冉手中成形，黑影發出的聲響同時更爲清晰。

那稚幼又透著奇異空茫的孩童笑語，幾乎瞬間讓柯維安背後湧上一股戰慄。

他曾連續兩次面對小孩子外形的敵人，重點是，都是非常差勁的經驗。

一爲乏月祭的童靈，一爲新引路人空間中的幻象。

就在童稚的咯笑聲霍地拔成高昂的吟唱，柯維安心中的不祥預感獲得了證實。

啊啊——

乏月祭，不見月。

燈指路，山道行。

符家人，拜著鬼……鬼啊鬼……

「鬼又要回來找鬼玩啦……」宛如吐氣的呢喃女聲飄在柯維安耳畔，聲音年輕又透著天眞爛漫。

即便對於柯維安來說，那已不再是等同夢魘的存在。可在聽聞的刹那，依然讓他的心臟爲之緊縮，胃部像被人粗暴地塞進大把冰塊。

只不過和驚悚同時湧上的，還有一抹決斷。

先是像小簇的火苗生起，接著轉爲猛烈火勢。

看樣子，小白猜錯了……不管對方是真實是虛幻，他與她之間，都會做出徹底的了結。

「符廊香！」娃娃臉男孩的雙眼像燃了油般灼亮，嘴角扯出怒極反笑的猙獰弧度，「我啊，可是受夠妳的陰魂不散了！我不是妳的同類，不是妳的哥哥，更不是鬼！」

猛地探入背包的手指迅速抽出一束金光，跟著拖曳出耀眼奪目的痕跡，轉瞬凝成蘸染金墨的巨大毛筆。

柯維安目光凜凜，「我是師父的弟子，是小白的麻吉！給我聽清楚了，我是神使公會的——柯維安！」

話聲尚未散逸，吸滿艷麗墨水的毛筆筆尖便猛烈朝後突刺，不留情的勁道刺穿了某種物體，卻不是血肉該有的觸感。

柯維安一迴身，映入大睜雙眼內的，是一個頭部罩著麻布袋的稻草人。麻布袋上還用蠟筆拙劣畫出粗糙的五官，看起來詭異嚇人。

「另一邊。」蘇冉倏地說。

柯維安立刻順著蘇冉指出的方向猛地扭頭，果然瞧見一抹絕不會錯認的身影迅速成形。

紅茶色鬈翹頭髮在肩前紮綁成兩束，大大的眼睛，臉頰和鼻尖上分布淡淡雀斑，乍看下與柯維安如此相似。

容易讓人錯認和柯維安擁有血緣關係的少女輕盈落地，身上披裹著有如黑夜凝結的闇色斗篷，一雙眸子猩紅似血，不見其他雜色。

符廊香露出了無邪與惡意交織的笑容，十指像潔白花束般交握，抵在唇前。

「好過分呀，維安哥哥，爲什麼要急於和我們撇清關係呢？」當符廊香說到「我們」，周圍驟然出現了一道道黑影。

與地上那個被柯維安毛筆在胸口開出洞的稻草人一樣，那些也是一個個罩著麻布袋、被畫上歪斜五官的稻草人。

一、二、三、四、五、六、七、八、九、十、十一。

加上倒地不起的，總共有十二個稻草人。

它們圍成大圓圈，將柯維安和蘇冉包圍在中央。

「這種惡嗜好還眞是有夠討人厭……」柯維安吐出一口氣，娃娃臉流露嫌惡地皺著，眼裡躍閃著銳利的光芒，「該說不愧是居於癉異頂端的『唯一』嗎？專挑人的心靈傷口攻擊……不好意思哪，蘇冉。這群是針對我的乏月祭童靈，你們那時候昏迷了，沒瞧見它們出場，不過小白應該有跟你們說吧？」

柯維安對著蘇冉說，待見到後者點頭，下一秒他話鋒一轉，這次則是針對符廊香。

「但是啊，我的傷口可早就結痂了，完全癒合也是早晚的事！妳乾脆別大費周章，符廊香，或者我該說……怠墮的人偶！」

「嘻嘻、呵呵。」面對柯維安的高喝，紅茶髮色的少女掩著唇，無邪地笑開來，「我是『部分』，你們也終會淪爲『部分』。而且你知道嗎，維安哥哥？」

溢出嘴唇外的稱謂甜蜜得不可思議，然而在那層糖衣底下，有的卻是最純粹的惡毒。

「傷口結痂的話……再狠狠地用力扯開就好了啊！」

天眞無邪的神態瞬時轉爲瘋狂，在符廊香猝然拔高的大笑聲中，環圍在周邊的十一個稻草人齊聲高唱，空茫蒼涼的童聲一聲高過一聲，說不出的幽詭駭人。

「紅紅的眼睛盯著我們。」

「紅紅的顏料滴滴答答。」

「紅紅的顏料嘩啦嘩啦。」

稻草人由枯草束成的雙手霎時變爲堅利金屬材質，危險冷光隨著它們的揮舞在虛空中閃爍，鎖定的目標便是柯維安與蘇冉。

「爸爸、媽媽、哥哥、姊姊、弟弟、妹妹。」

「我們想要，但我們　沒有。」

柯維安立即提起毛筆應戰。

稻草人速度飛快，如同鬼魅時隱時現。往往上一秒才捕捉到對方身影，旋即又在眼前失去蹤跡。

柯維安的手臂、臉頰不消一會兒便多出幾道血痕，就連上衣也被撕裂多道口子。

「爸爸、媽媽、哥哥、姊姊、弟弟、妹妹。」

「我們想要，但我們　被埋在土裡！」

疊合在一起的聲音驟然放聲尖叫，與其說是歌唱，更像是淒厲至極的鬼哭神號。

「所以維安/哥哥，」

「你也要被埋在土裡！」

孩童的尖嘯、少女歡快的高笑，交織成令人毛骨悚然的樂章。

符廊香斗篷下的手臂自掌心裂開，竟有若海葵分綻成數瓣駭人觸手。末端尖利，表面帶勾刺，只要一被割劃到，就會皮開肉綻、鮮血淋漓。

「來啊，維安哥哥，我們一起來玩遊戲吧！」符廊香笑語咯咯，猶帶青稚的面容泛著狂氣。

趁柯維安面臨稻草人四方夾擊，分不出餘力之際，符廊香的觸手如鞭到來，眼看就要出其不意地狠狠抽上他後背。

但有人阻止了她。

赤紋長刀迅雷不及掩耳地切入，凌厲削斷那欲偷襲的觸手。

漆黑長條物體沉重掉墜地面，換來的是符廊香怨毒的嘶氣聲。刀身透出的灼燙感似火燒，焚得她因痛楚而微微扭曲了那張肖似柯維安的臉。

「要玩，我陪妳。」蘇冉眉眼寂然，他安靜的模樣看起來有幾分無害。可一旦和他對上眼，心頭必會忍不住爲那雙藍眼的冰冷焰火一顫，「代價是妳的命。妳傷害一刻，該殺。是怠墮的部分，更該殺。」

明明蘇冉嗓音又低又平淡，但聽在另一端正與稻草人奮戰的柯維安耳中，卻感受到包裹其中的森然冷酷。

不愧是他家小白的青梅竹馬，平常看起來寡言低調，發狠起來也不輸給小白啊！

柯維安不禁暗暗彈舌，手中毛筆未因此停下，格擋、揮舞、直刺、擊打，伴隨著金墨流轉四濺。雖然被詭異的稻草人重重包圍，可動作行雲流水般就像自成一套舞蹈。

柯維安明白自己的弱項，他必須把握時間，否則體力一旦消耗過頭，到時反會扯了同伴的後腿。

而另一邊符廊香聽見蘇冉的話，討喜的臉蛋流露大大笑容，前一瞬的扭曲只像錯覺。

「哎啊，但人家不想跟你玩，不要打擾我和維安哥哥。你呀……」符廊香句尾忽地拖拉得綿長，「有更適合的人選呢。」

同一時間，幽幽話聲由昏暗內渲染而出。

「回答我，應允我。」

少年嗓音空洞幽寂，沒有丁點人氣，就像無機的生命體，複述著他人的話語。

柯維安瞪大眼，心臟重重一跳。「媽啦，不是吧！」這念頭剛竄過腦海，他手臂馬上因剎那分心，傳來火辣辣的疼痛。

少年飄渺的嗓音持續流瀉進這處空間。

「然後，我將帶你去該去之處。」

隨著最末一字似碎石落入水面，敲晃出漣漪，幽紫螢光也在霎時闖進昏暗之中。

一簇、兩簇、三簇……多簇紫光原來不是火焰，赫然是一隻隻散發微光的暗紫蝴蝶。

當妖異紫蝶翩翩飛舞，原先的昏暗也在急遽改變。

新的色彩，新的場景。

令人想到教室的建築物剝離暗色，前方是一片空地，再往前是水泥砌成的長形花圃。

路燈的水銀色澤傾灑，乍看下就像是黑夜裡的校園角落。

「這、這是……」柯維安對這景象感到眼熟，還未等他喊出，蘇冉便已說出答案。

「利英高中，社團教室。」

蘇冉不可能認不出來，這是他的母校，他和一刻他們曾在這裡度過三年高中時光。

只不過在前方花圃與花圃間的通道上，卻平空出現了一抹不屬於利英的身影。

那人手持燈籠，一頭暗紫色頭髮，倒是與蘇冉、柯維安所選擇的紫門相互呼應。臉孔上半被一光滑、沒有孔洞的潔白面具覆蓋住，闃黑字紋好似勾勒出一個大大的「引」字。

沒有被面具遮掩的下頷線條，看得出對方是名少年，剛才空洞的呢喃聲便是由他發出。

紫髮少年身上是紫紅交錯的奇異衣飾，雙足未著鞋履，左腳被一束暗紅長布凌亂纏繞，遠看像拖著一道血污。

「是引路人……不對，是新引路人！」柯維安急急地喊，意在提醒蘇冉。

一見到那身似曾相識的打扮，蘇冉深埋的記憶頓被觸動，緊接著聽見柯維安喊出了「引路人」三字。他登時明白過來，眼前的想必就是一刻曾提過的，由符廊香和情絲利用都市傳說製造出來的人偶。

不，也許該說這同樣是怠墮的人偶。

「去陪那個惹人厭的神使好好玩玩吧。」符廊香嘴唇彎出如同摻了蜜與毒素的笑弧，「至於你的姊姊，別擔心，有另一位引路人會跟她玩呢……嘻嘻、哈哈哈哈，大家一起玩，一起來當鬼吧！」

符廊香旋身，斗篷恍如夜之花盛綻。她的身形下一刹那消失在蘇冉的視野內，再出現時已闖入了柯維安與童靈們的戰場。

紅茶髮色的少女紅眸血腥，凝聚無盡惡意的光芒，像是火炬在眸底燃燒。

數條猙獰粗長的觸手飛快繞過幾個稻草人，宛若露出毒牙的大蛇，一口咬上了柯維安。

如果不是柯維安及時察覺有異，驚險閃避，只怕就不是肩頭至後背一道血淋淋的傷口那麼簡單，而是整條臂膀都要被撕扯下來了。

劇烈的痛楚讓柯維安煞白了臉，他腳步微踉蹌，一手反射性按住鮮血四溢的肩頭，但隨即又穩住身子，嚥下了險些衝出喉嚨的痛呼。他迅速以毛筆畫出一圓圈，使之成爲盾牌，擋下爭先恐後撲來的稻草人。

柯維安即刻扯著嗓子大叫，「這邊是我的戰場！蘇冉，新引路人就拜託你了！總之，看在小白的面子上，拜託你解決完新引路人，就趕緊再來幫我吧！」

「哎呀，維安哥哥，我稍微改變主意了。」符廊香抽回變異的觸手，瞬間再變爲白皙的人類手臂，指尖則是浸染著柯維安的血。

「怎麼？妳決定乖乖滾回去當怠墮的『部分』了嗎？那眞是太棒了，快滾吧！」

「可惜你猜錯了哪，我決定……」符廊香手指觸上唇瓣，像是不在意嘴唇沾上紅血。她露出潔白的貝齒，愉悅地宣布，「不要讓太多人妨礙我們，這樣子人家才可以好好地支解你的四肢，再把你的肉一片片撕扯下來呀！」

「謝謝妳啊，可是我對這種血腥撲累一點興趣也……該死！蘇冉你小心！」柯維安挑釁的神情頓地大變，圍困他的稻草人確實如符廊香所言減少了，只是那將近一半的數量，居然全衝著另一方的蘇冉過去。

童靈們在尖喊，在哭號，在歇斯底里地狂笑。

「一起死、一起死！不能只有我們！」

「怎麼可以只有我們？」

「那不公平！」

與此同時，社團教室一間間燈光大亮，然後是電話鈴聲陣陣高響。

即使沒有人拿起話筒接聽，鈴聲卻倏然齊齊斷裂，接著是幽幽的多人聲音，像呻吟般從深淵裡鑽爬出來。

「不……公平……」

「好冷、好暗……不能呼吸……」

「救救我們……爲什麼只有我們……」

挾帶濃濃怨恨的童稚聲音，足以讓聽者不寒而慄。

但蘇冉依舊神色平淡，不受影響地提刀應付霍然襲來的暗紫火焰。

他知道那是什麼，利英高中的不可思議，十點十分的亡靈電話。

「不公平、不公平……」

「不能只有我們……」

從話筒鑽出的呻吟逐漸和稻草人的號哭聲疊在一起，再難分出彼此。

「怎麼可以只有我們？」

「這不公平啊！」

「要一起死——」

剎那間拔高的吼叫好似獸類的咆哮，震耳欲聾。

蘇冉身勢頓地一個細微不穩，讓紫蝶化成的火球灼傷了幾處。

他的聽力太好了，這些非人者的聲音對他造成嚴重干擾。

可即使如此，蘇冉仍是面無表情，灼痛感甚至沒有讓他的眉毛動一下。

這名黑髮藍眼的男孩只是抓住空檔，戴上耳機，高昂搖滾的樂聲立即充滿爆發力地流瀉出來。

「This ain't a song for the broken-hearted（這不是一首給傷心人的歌）」

「No silent prayer for the faith-departed（沒有為失去信仰者的默禱）」

覆著麻布袋的稻草人刺出鋒利的爪子，蠟筆畫的粗糙五官宛若構出一張歪曲的笑臉。

「I ain't gonna be just a face in the crowd（我不希望自己只是芸芸眾生之一）」

「You're gonna hear my voice（你將會聽到我的聲音）」

蘇冉眼底倒映出危險冷光和交錯飛來的紫焰，他毫不退卻，反倒身影主動迎上，速度快如離弦之箭。先是疾速避開紫焰，接著烙有赤紋的長刀快狠準地送入一個稻草人腦袋內。

「When I shout it out loud（當我大聲吶喊出來）」

一刀向下揮斬。

「It's my life（這是我的人生）」

「It's now or never（把握現在，機會稍縱即逝）」

稻草人當場分爲兩半，枯黃的草屑灑落出來，有如內臟自那具身體內滾落。

但是狂勢如赤火席捲的長刀沒有任何停頓，隨後便破開另一個欺近的稻草人。

這次是罩著麻布袋的頭部滾至地面，被蘇冉面無表情地一腳踩踏上去。

「I ain't gonna live forever（我不希望長生不死）」

「I just want to live while I'm alive（我只想趁活著的時候認眞地生活）」

蘇冉刀勢俐落冷酷，下手時沒有絲毫猶豫或手下留情。

「It's my life（這是我的人生）」

越來越多稻草人瓦解在蘇冉的刀起刀落間，枯黃的草屑隨之紛飛。

「My heart is like an open highway（我的心像是開放的高速公路）」

「Like Frankie said（就像法蘭克辛那屈唱的）」

「I did it my way（我走自己的路）」

稻草人的數量急速減少中。

六、五、四、三、二——

「I just wanna live while I'm alive（我只想趁活著的時候認眞地生活）」

「It's my life（這是我的人生）」（歌名：It's My Life／原唱者：Bon Jovi）

一。

當最後一個稻草人被赤紅長刀斜斬爲兩半，那往不同方向倒下的兩半身軀間，頓時只剩新引路人猶然站著。

臉覆潔白面具的紫髮少年揮甩燈籠，更盛大的紫焰撲向了蘇冉。

蘇冉彷彿沒看見前方的阻礙，奔馳的速度沒有慢下。

下一瞬，長刀猛力揮劈，竟是勢如破竹地劈開火焰。

任憑高溫刷過自己皮膚、髮絲，蘇冉就像矯健的獵豹，迅烈逼近了新引路人。刀鋒又是狠絕一揮，一條黑色裂縫從面具上迸綻開來，眨眼橫越整副面具。

「啪」的一聲，繪有「引」字的白色面具一分爲二，掉落於地。

但新引路人的身影已不在原處。

蘇冉的刀只劃破面具而已。

「回答我，應允我。」空寂飄渺的嗓音好似在任一處都存在著，捉摸不定源頭。

蘇冉扯下耳機，藍眼冷冽如他手中的長刀。

「我將帶你去該去之處。」

在那邊！蘇冉猝然旋身，長刀剎那間擋架住一柄纏繞紫焰的長形銳器。

暴露出全貌的新引路人就出現在那，他的雙眼一片不祥猩紅。失去面具遮覆的臉孔沒有任何獨特之處，似乎一拋進人群，就會迅速被人遺忘。

可也正因如此，更襯得那雙被血紅侵佔的眼睛愈發怵目詭異。

新引路人手上的燈籠成了肖似長槍的武器，暗紫色火焰繚繞，一揮揚、刺擊，都帶出一片焚人的灼熱。

下一秒，蘇冉腳邊冷不防傳來扯拽的蠻力。他心下一凜，連忙分神察看。卻見堅硬的水泥地板下有什麼破鑿鑽出，竟是節處有瘤、表皮暗沉的歪曲樹根。

不知何時，新引路人身後也飛快生冒出一棵大樹。枯枝似人的手骨，有如拚命往上抓取著渴求之物，樹皮全是幽暗的色彩。

在這像是夜晚的空間內，乍看簡直像張牙舞爪的龐然怪物。

令人聯想到觸手的樹根猝地拉扯住蘇冉，猛力將之摔擲出去。

「蘇冉！」驚見黑髮男孩重重撞上了硬物，柯維安不禁心急大喊。

「維安哥哥，這時候分心好嗎？哎呀，要好好地陪我玩……好好地被人家折磨至死才行呀！」闃黑斗篷伴隨著歡快惡毒的笑聲，立刻遮阻柯維安的視線。

強大的衝擊讓蘇冉冷然的臉孔浮現剎那扭曲，旋即隱沒。

感覺到自己的身體滑墜至地面，長刀脫離掌握，蘇冉立刻無視疼痛、要再躍起。沒想到暗紫色的影子頓如鬼魅出現，長槍發力刺下。

倘若不是蘇冉及時一側身，當場就會被捅穿出一個洞。

然而樹根又悄然纏來，縛住了蘇冉的手腳，不讓他輕易脫逃。

緊接著，一隻冷白色的手臂霍地下探，微張五指緊緊扣住蘇冉頸項。

冷酷施壓力道的同時，新引路人的聲音也跟著落下。

「快回答、快應允！」空茫的聲音注入了粗厲，竟有幾分像獸的嚎叫。

蘇冉的藍眸無動於衷，像滲入凍人的流冰。任憑痛楚壓迫他的氣管。他冷淡開口：

「我拒絕。該去何處，由我自己決定。」

然後黑髮男孩雙膝一彎，毫不猶豫地猛力頂撞上上方的新引路人。

趁對方手勁一鬆，和自己拉開距離之際，蘇冉屈起的膝蓋再打直，雙腳快狠準地朝新引路人粗暴踹上，同時順勢彈跳而起，扯斷了縛在手腕和腳踝位置的樹根。

那具被紫衣包裹的身子狼狽摔躺在地，由此可見蘇冉的力道有多大。

不待新引路人撐起半身，一束赤烈紅光已如流星劃過上方的黑暗，接著不偏不倚懸停在新引路人的頭頂上，好比一把審判的達摩克利斯之劍。

新引路人紅眼大睜。

蘇冉挺直了背，揉按自己一邊手腕，俊秀的面容上不見表情，左頰的鮮紅神紋更勝焰火，好似與空中的那束紅光相互呼應。

下一秒，受到蘇冉心念控制的赤紋長刀猝然落下，讓新引路人連反應的時間也沒有。尖銳刀尖當場扎入對方心口，刀身深深沒入。

新引路人張大嘴，發出了類似離水魚類吐氣的古怪聲音後，永遠沉寂下去。

紅眼裡的光芒快速黯淡，終至消逝。

紫髮紫衣的少年就像一隻遭到釘穿的蝴蝶標本，一動也不動地僵凝在地面上。

不到半晌，那抹細瘦的人影就化成黑泥，腐朽在這片空間裡。

「——更何況，我早已在最適合我的位置。」蘇冉冷視著新引路人消亡的過程，輕描淡寫地說。

另一方的符廊香如同有所感，倏然扭頭，血色眸子登時瞠大，驚異和惱怒一閃即逝，似乎無法相信新引路人竟然就這樣敗於蘇冉之手。

即使那是神使，可他也還是個卑下的人類！區區的人類……

「嘿，套句妳說過的，這時候分心好嗎？」年輕開朗的嗓音忽地撞入。

距離太近了！符廊香一驚，連忙回神，頓見染著艷金的毛筆筆尖趁機逼來。

早已見識過那筆尖是如何鋒利地削斬稻草人的金屬爪子，符廊香彈舌，身子立刻散逸為黑氣，讓對方刺了一個空。

等到符廊香再凝出形體，她已與柯維安拉開距離，改輕盈落在那棵色彩幽詭的大樹上。

「你也要幫維安哥哥了嗎，蘇冉？」符廊香有如歌唱地說。像是與她的聲音產生共鳴，外形如枯骨的樹枝顫晃延展，在她背後像是長鞭舞動。

「不。」蘇冉卻平靜地吐出這字，在符廊香不禁流瀉錯愕的時候，他又說，「一個人做得來的事，不須兩人出力。」

什麼意思？濃濃的不解充斥在符廊香心頭。她下意識望向被稻草人包圍的柯維安，比起蘇冉，娃娃臉男孩的戰鬥力明顯差了一截。

五個稻草人中，只有兩個被他擊倒。更遑論他身上還多處掛彩，血漬在他的皮膚和外衣上留下大小不一的怵目印子。

「哎，五分鐘前，我一定會需要蘇冉你搭把手，不過現在還真的不用了。畢竟，總算準備完成了哪！」臉上也沾著些許血污的柯維安喘著氣，咧開狡猾的笑容，一雙大眼睛神采飛揚，裡頭流轉的光芒一點也不輸給遍布地面的凌亂金痕。

那些都是柯維安攻擊落空或失準，誤畫在地面上的……真的是失準嗎？

符廊香瞳孔猛地收縮，從她高踞的位置向下俯視，可以發現原先以爲是胡亂交錯的金色筆畫，彼此間竟然透出某種規律。

換句話說——

「一邊調整方向也是很累的！誰曉得你們中途又會召出什麼？但爲了最後能一網打盡，都是值得的！改版的開、破、斷——」

柯維安笑容滲出猙獰，無害的表象瞬間盡碎。

旋即巨大的毛筆猛地在那些四散金痕上畫過長長一筆。

「重裂！」

霎時，熾烈金光暴漲，使昏暗的社團教室前亮若白晝。

炫亮的光輝就像飛舞的多柄大刀，以柯維安所站之處爲起始點，迅雷不及掩耳地朝鎖定好的方向一路前衝。

一、二、三、四。

四道金光，四個目標。

三個稻草人轉眼被切斬得支離破碎，草屑紛飛。

符廊香大睜的眼內被輝煌金芒佔領，同時也映亮她刷白的面龐。

要逃、要逃——必須逃！

符廊香全身都在叫囂這個念頭，她立時飛身向下。然而來勢洶洶的金光終究削去她半邊身子，也將她本來棲停的古怪樹木斬成了兩半。

她顧不得那像能撕裂自己的劇痛，五指刨挖地面，試圖將自身拖往另一方逃逸。

「汝等是我兵武，汝等聽從我令，飛為！」

但有數枚銳物眨眼刺穿了符廊香僅餘半邊的身軀，釘住她的行動。

一雙腳擋在她的前方。

「我不幫他，可我沒有說不殺妳。」蘇冉的眼就和他的刀一樣，散發森冷寒氣。

「不……」符廊香擠出了嘶氣，接著尖聲高喊，「你們不能！維安哥哥，你們不能！殺了我，你們永遠也別想離開這個『陣』……維安哥哥！」

「但是不消滅妳，我們肯定也永遠別想離開這。」柯維安在符廊香身前蹲下，娃娃臉上有著未乾的血痕，看起來有幾分狼狽，也有幾分凌厲，「還有，我不是妳哥哥，這可是我最後一次對妳這麼說了。」

什……！符廊香壓根還沒明白發生什麼事，又一束金光倏然竄來，在她措手不及間，安靜無聲地橫劃過她的頸子。

隨著紅茶髮色少女身首分家，那具被黑斗篷披裹的身子也急速腐爛。

最後，就和新引路人一樣，不論是頭顱或身體都潰散成一灘黑泥，隨後被地面吸收。

什麼也沒留下。

彷彿打從一開始，就不曾存在過。

「就說是改版的招式了……吃過妳這麼多虧，再不學點教訓，小白都要指著我鼻子大罵了。」柯維安站起身，抬手抹抹臉龐，「謝謝你啊，蘇冉，幫忙補了一擊……楊家的符術果然不容小覷。」

「不容小覷，也困難。」蘇冉說，「和蘇染都只學到兩式而已。」

「兩式？但你好像只用過飛鳶……不不，當我沒問。」猛然意識到自己又管不住無謂的好奇心，柯維安趕忙搖搖手，「現在最重要的是離開這，去找其他人。照符廊香所說，我們等於是被困在一座『陣』裡。但凡是陣式……」

「必有陣眼。」

「沒錯！不愧是甜心的好朋友，立刻就能想到關鍵。」柯維安一彈指，使躺在不遠處的毛筆頓化光點，飛至自己手腕，如同金鍊在上頭纏成一圈。「四周景色未變，就表示陣眼沒被毀壞。至於要怎麼找出來……」

柯維安眼睛滴溜轉。他對術法、陣式沒什麼研究，最多是長年跟著張亞紫，略懂一點知識而已。說起來，大概就是紙上談兵的程度。

要是此時楊百罌在這，想必就能輕易找出陣眼。

驀地，蘇冉如同察覺到異樣，目光轉至某個方位。

沒有耳機的阻隔，沒有尖銳童聲的干擾，這名黑髮藍眼的男孩能將某些聲音聽得清楚。

他舉起手，「那裡，有很低的鼓動聲。」

柯維安順勢一望，望見的是幾乎被自己斬成兩半的畸異大樹，同時他腦內一個激靈，誰的聲音從記憶深處翻攪出來。

「找最不對勁的地方就是了！」

那是范相思在新引路人事件中曾說過的話。

柯維安死死盯著蘇冉所指的樹木，嘴上弧度越擴越大。

最不對勁的地方，就是那裡無誤了。

「選了惠先生的力量，還眞是選對了。」柯維安從口袋裡掏出黑色光球，「要對付木頭……還有什麼比火焰更適合呢？」

話聲驟落，抓握在柯維安掌心的光球同時對準分裂開的樹幹砸出。

光球應聲碎裂，沖天的漆黑火焰席捲而出。

第十六章

叮鈴……

像是有什麼敲擊的細微聲音，自昏暗煙氣裡傳出。

如果是平常，這微弱得不可思議的音響，或許就會被蘇染和楊百罌給忽略。

但現在，卻不是以往的「平常時候」。因爲這裡太過安靜了，幾乎到死寂荒蕪的地步。

任何丁點聲音一旦響起，都會被襯托得格外清晰。

這也是爲什麼兩名女孩子立刻警戒停步的原因。

可就像在戲弄人，當蘇染她們停下，聲音便又消失，四周再度回復死氣沉沉的寂靜。

「要我引火嗎？」楊百罌簡潔地問，攢在指間的其中一張符紙上，隱隱浮出字紋。

「先不用。」蘇染同樣言簡意賅地回答。她摘下粗框眼鏡，讓自己的藍眸不再隔著一層透明屏障視物，「我來負責『看』。」

流轉至符紙中央的字紋霎時隱沒，楊百罌點點頭，沒有發出質疑。

早在符家時，楊百罌就知道現下和自己結伴同行的長辮女孩，擁有與生俱來的獨特天賦——她能夠「看見」常人無法視得之物。

兩人不發一語地繼續在受到昏暗包圍的道路上前行。

雖然彼此間橫亙著沉默，卻並不摻雜尷尬的氣氛。

楊百罌初見蘇染之際，一眼就能看出對方在注視那名白髮男孩時，流露的是和自己相同的眼神。

而蘇染亦然。

某方面來說，傾心於同一人的兩名女孩，或許可說是最合得來的同盟了。屬於情敵的另類默契，讓她們往往在最快時間內就能達成共識，接著毫不遲疑地行動。

例如在踏入鮮紅之扉前，她們對一刻所做出的告白。

原本……原本楊百罌是打算事情結束後，才要說出自己心意的。可就在電光石火間，心裡有道聲音在大聲叫喊。

沒人知道接下來會發生什麼事，如果這時還鼓不起勇氣說出口，要等到何時？

是啊，楊家的女人可沒那麼不乾不脆。

楊百罌幾乎都能預想到曲九江在得知她最初的念頭時，會露出怎樣冷嘲熱諷的笑容。

討人厭的弟弟。楊百罌對自己腦中的人影撇撇唇，只是冷傲裡多了一縷不自覺的笑意。

可是，曲九江說的也對。

她不想再繼續藏著自己的心意，裹足不前。不論小白接受與否，她都想讓對方知道。

思及一刻當時呆然的神情，楊百罌回味那份罕見的可愛之際，心裡同時不由得忽現一抹緊張。

小白他……應該不會眞不明白她的意思吧？他、他總不會又要漏接這記直得不能再直的大直球了吧？

「他沒有漏接，我保證。」

突來的清冷女聲令楊百罌一怔，接著才注意到自己無意中吐露心聲了。

見同是告白盟友的蘇染主動打破沉默，楊百罌定定心神，也試著開口加入話題。

「妳確定？但是小白的遲鈍……」

「是認識他的人都有目共睹的。不過，他那時候呆住了，對吧？」

「確實如此。」

「這表示他意識到這一次不是開玩笑。可惜我們先離開了，從他的個性分析預測，接下來一刻會先面紅耳赤才對。」

「臉、臉紅的小白？聽起來好像很可愛……」

「身爲青梅竹馬可以保證，絕對可愛。所以，有興趣交換嗎？」

楊百罌美眸微睜，像是沒想到蘇染的話鋒會無端一轉。

可是見到那雙閃動精光的淺藍眼睛，楊百罌驀地福至心靈，立刻領悟過來那句沒頭沒尾詢問的眞正含意。

有興趣交換嗎——照片。

楊百嚳凜著艷麗容顏，毫不猶豫地堅定點頭。

「回去後我拉妳進群組，蘇冉那也有不少照片。」蘇染給人淡漠印象的眉眼登時多了幾分親近之色，「還有，楊家願意答應我們之前的無理請求，再次向妳致上感謝。」

「不必。」楊百嚳自是明白蘇染指的是學習楊家符術一事。她不認爲這有什麼要感謝的，因此語氣上不自覺變得僵硬，「我和爺爺只負責指導，能不能學會應用，還得靠你們自身的天分和努力……你們非常努力。」

楊百嚳不擅長稱讚人，但她這番話卻是發自肺腑。

自從答應了蘇染和蘇冉的請求，這對姊弟便暫時先住在楊家。也因此，楊百嚳才會比別人更深刻了解到，他們可以說是拚了命，簡直是不眠不休地在練習，就怕緊要關頭沒辦法給予重要之人強力的援助。

而自己，在那些天也是同樣……

楊百嚳收緊手指，凜冽刷過她的眉眼，先前消褪的字紋再次浮現在符紙上，像是黑色的魚謹慎前行。

雖然什麼異狀都還沒看見，但楊百嚳長年被磨練得敏銳的感官，已感覺到附近空氣變了。變得冰冷，像是有針在扎刺著人暴露於外的皮膚。

從蘇染遞來的眼神和無聲的「小心」，楊百罌知道發覺有異的不只有她。

打從踏入紅門後，一直蔓延在周遭的昏暗煙氣，悄然中開始生變。它們密度增加，愈發濃厚黏稠，宛如成了暗色水流，環繞不休。

楊百罌和蘇染面上冷靜，沒有放鬆戒備。唯有從兩人稍稍泛白的指節，才能看得出她們情緒緊繃。

冷不防，叮鈴聲再次出現。

叮鈴、叮鈴……

又輕又細，好像金屬片撞擊產生的聲音。

而且很明顯往兩名女孩子靠近中。

叮鈴、叮鈴……叮鈴……

但是，卻沒辦法判斷是來自哪一個方向。

越來越響亮的聲音如同來自四面八方，重重疊起，齊齊晃震。

在形成尖銳共鳴的同時，幽暗煙氣後方也乍然浮出多道人影。

「三點鐘和九點鐘方向。」蘇染冷厲的嗓音霎時劈開那陣鳴響，烙著赤紋的長刀脫出白皙手指掌握，風馳電掣地疾射向左側。

右側人影則是瞬間迎來了數張飛竄的符紙，漆黑字紋已遊走至最底，勾勒出繁複符咒。

「汝等是我兵武，汝等聽從我令，明火！」

赤艷光輝撕裂了一方幽暗。

符紙轉眼燃灼成威勢驚人的火球，對準目標轟然砸下。

簡直就像被蘇染和楊百罌突來的攻擊驚動，徘徊四周的暗色煙氣一口氣退離，連帶捲走匿於煙氣後的未露面人影。

但隨著昏暗退去，取而代之的色彩卻是當場令蘇染瞳孔收縮昏黃色。

令人想到舊照片的色彩鋪天蓋地而來，迅速勾勒出昏黃色街道、馬路、林立的屋宅……頃刻間，建構出一座像是置於黃昏下的昏黃世界。

「這是？」楊百罌驚訝地環視四周，發現除了她與蘇染，視野內能觸及的景物都被統一的色澤覆蓋。

「……引路人。」蘇染聲音很輕，不再被鏡片遮擋的藍眼森冷如冰。

「符廊香和情絲做的那個人偶？」楊百罌不曾參與那次發生在潭雅市的事件，可也有從他人那聽說。

「不。」蘇染卻是否定了，她挺直背脊，站姿就像一柄出鞘的刀刃，「最原本的那個潭雅市的都市傳說，或者，現在更該稱爲怠墮的人偶，畢竟她早在數年前就已被怠墮吞噬。」

楊百罌張大了眼，她知道這件事，曲九江曾私下告訴她。

引路人，她不是妖不是怪，她在潭雅市出現，在人們口耳中相傳。她一襲紅衣，手持燈籠，臉覆半截潔白面具，上面寫著一個大大「引」字，出現時身旁會有紅蝶飛舞。

她提燈引路，會替人實現願望，但許願的人也必須付出代價。

而當年，蘇染和蘇冉就曾爲了一刻，向引路人許下願望……

「眞的是，差勁透頂的惡嗜好。」蘇染輕吐出一口氣，凜然的側臉沒有絲毫動搖，「專挑他人最不想被提起的過去嗎？眞不愧是瘴異。」

清冷的嗓音就像冰珠清脆砸下。

「爛透了。」

對此做出回應的，是一道柔滑的笑聲。

「呵……」

與此同時，在這座昏黃色的小小世界裡，倏地出現一抹灼艷的紅。

那是隻款款飛來的紅蝶。

伴隨著雙翅的每次拍振，似乎都有點點螢光飄灑。接著蝴蝶從一分爲二，從二變爲四，再由四增爲八。

越來越多紅蝶簇擁下，一道人影平空現身。素白的手指握住長柄燈籠，一襲紅衣將纖細的身形包覆住，烏黑的髮絲上別著華麗的金色飾品。

當這名周身環繞紅蝶的紅衣女子走動，精緻的髮飾就會跟著輕晃，敲擊出細微聲響。

叮鈴、叮鈴……

楊百罌無意識地屏著呼吸，注視著被面具覆蓋半張臉、只露出鼻翼與紅豔嘴唇的女子。

那就是引路人，潭雅市曾經的都市傳說。

「當年你們許下願望，我亦實現願望。如今，我同樣又聞到願望的味道。」引路人雙眼被藏起，但蘇染和楊百罌皆能感受到強烈的視線落在自己身上。

引路人舉起手，食指先是指向蘇染。

「妳。」

隨後偏轉向楊百罌。

「還有妳。」

楊百罌內心愕然，但不待她發出任何音節，有誰快一步在這空間裡說話。

「可愛愚蠢的楊家小家主，依舊是渴望力量，渴望得不得了嗎？」

童稚的咯笑聲天真無邪，然而聽在楊百罌耳中，卻像一條鞭子飛快抽來，令她身子來不及躲避般一震。

楊百罌不可能錯認那道聲音，她不敢置信地猛力回頭，含在舌尖上的人名同時衝出。

「珊琳!?」

可是等到楊百罌一看清那道驟然闖入眼中的嬌小人影，她立即醒悟過來，那不是他們楊家的守護神。即使那名小女孩有著和珊琳一模一樣的清秀臉孔，穿著民族風的奇異服飾，一頭長髮如山林蒼翠。

可是，那雙正呈現天真彎月狀的眸子——是猩紅似血，裡頭翻騰著血腥四溢的殘酷。

楊百罌臉上驚愕剎那褪去，取而代之的是冰冷的凌厲。

「怠墮的人偶嗎？」楊百罌慢慢地說。可和她平淡近乎冷漠的語氣不同，她眼瞳深處流轉著熾盛的火焰。

就在那份灼熱的情緒匯聚成漩渦的瞬間，楊百罌快若雷電地出手了。

「汝等是我兵武，汝等聽從我令，明火！」

炙燙的多顆火球疾速朝擁有楊家守護神外表的人影，朝著那虛假的珊琳呼嘯而去。

珊琳身形一晃，竟自原地消失。

一、二、三，三顆火球撲空，只能砸墜在地，在上頭留下一片焦黑痕跡。

最後一顆火球，則是像被一股無形力量一攬。旋即潔白的指尖從虛空探出，珊琳身影顯露出來，宛如捧著一朵花般輕托住那顆僅剩的火球。

「這種程度的火焰，還是太弱了呀，小家主。」珊琳朝火焰吹了一口氣，燒灼得熾烈的火球頓時像微弱的燭火，在那隻小手中散逸成縷縷白煙。

但珊琳的獰笑剛一揚，下一瞬又霍地凍住。

「——飛鳶！」

楊百罌身影不知何時欺近，夾在指間的新一輪符紙眨眼迅速擲射出去。

兩張符紙自動化成十四隻飛鳥，銳利尖喙如同噴發的子彈，撞上面露驚異的珊琳。

「噗滋」數聲，飛鳶沒入了珊琳的身軀，撕裂血肉，復而從她的後背貫穿出去。

紅血溢出的聲音滴滴答答，染暗了珊琳的衣飾，也在昏黃的路面形成怵目驚心的印子。

披著楊家守護神外皮的瘴異扭曲了臉，尖嘯下一秒從她大張的嘴內衝出。

「啊——」

與稚幼外貌不相符的嚎叫，就像凶獸粗嘎吠吼，連帶撼動了半側昏黃色的世界。

楊百罌瞳孔一縮，看見珊琳腳下影子暴漲，像擁有生命力般張牙舞爪。

黑影頓時成了糾結交錯的粗大黑藤。

不只如此，楊百罌吃驚地發現到，珊琳周身景物也在快速轉變。昏黃的街景被新生色彩覆蓋，黑夜入侵了半邊天幕，幽黑樹影交錯，給人好似隨時會活過來的錯覺。

一塊塊石板擴散，形成像是某種儀式廣場的存在；中央則是無中生有地堆砌出一座石造祠堂。

楊百罌倒抽口冷氣，原本蓄好勁道的追擊硬生生中斷。她豈會認不出眼前的景象，那分明是……他們楊家舉辦山神祭之地！

也就是在這個地方，揭穿了他們七年來信奉的並不是神，而是妖怪的殘酷眞相。

珊琳足尖點地，輕巧落在祠堂屋頂上，污血襯得那張小臉上的猩紅眸子格外殘忍。

「小家主，妳喜歡這裡嗎？我猜妳喜歡得不得了啊，因爲……」珊琳咧開不懷好意的笑容，「妳就是在這暴露出妳的愚蠢、妳的無力、妳心靈的空隙！」

惡毒的話語就像驟然搧出的巴掌，在楊百罌臉上落下火辣辣的疼痛。

年輕的楊家家主幾乎本能地瑟縮了下身子，被迫重新回憶起那一夜，自己遭到瘴異寄附的過往。

但很快地，楊百罌嚥下了那份動搖。她打直背脊，冷冽的眼神不閃不避地直視正前方人影，宛若直視她當初犯下的錯誤。

「我不會否定妳說的，那確實是我的愚蠢所造成。」楊百罌往後退了一、兩步，不意外地感受到另一股重量抵靠上她的後背。

就算沒有回頭，楊百罌也知道身後人是蘇染。

也許眞是情敵特有的默契，才能讓楊百罌在此刻直覺猜到對方接下來打算採取的行動。

兩名女孩背靠背，站在昏黃與黑夜的交界線，分別面向各自的敵人。

「我也犯過錯。」蘇染頭也不回地開口，不大的音量像是在自言自語。

可楊百罌明白，蘇染是在說給她聽。

「我許下不該許的願望，差點讓一刻受到傷害。但也因如此，我絕不會再重蹈覆轍。」

「那又如何呢？」手持燈籠的引路人嘴角彎出一抹詭譎弧度，像是在看待一則笑話，「妳身上仍有強烈的願望氣味。所以，向我許願吧，然後我將實現妳的願望。當然，另一人也可以的唷。」

引路人柔滑的語調有若蠱惑，猩紅的舌尖探出，好似毒蛇吐著信子。

「楊家的家主，哪，一起向我許願吧。」

「或者，乖乖地再向我暴露出空隙哪。」珊琳踢晃著光裸小腳，愉快地咯咯笑起，紅眼貪婪灼亮，「我啊，可是愛死健康人類孩子的滋味呢。」

「可惜無論是哪一個選擇，」蘇染往前踏出一步。

「我們的回答都只有一個。」楊百罌也往前踏出一步，「那就是——」

「我拒絕。」

清冽和冷傲的嗓音重合一起。

說時遲、那時快，兩條纖細人影如離弦之箭掠出。

赤紋長刀和符扇毫不遲疑地朝屬於自己的敵人發動攻擊。

「汝等是我兵武，汝等聽從我令，疾雷！」楊百罌手中符扇瞬即飛射出一張符紙，漆黑字紋迅速勾勒完符咒。

銀光乍閃，雷電疾走，勁道凶猛地往祠堂方位直直劈降。

棲坐在祠堂上的嬌小人影頓隱，石灰色的建築物剎那崩塌一角，石塊砸下，激起些許塵煙。

縱使珊琳躲避得快，唯有衣角、髮梢擦過，染上了焦痕，可她的臉色卻忍不住一變。

單憑那招疾雷，珊琳就能看出來，楊百罌的符術威力已不同以往。

「但那又如何？」珊琳眼內泛起血浪，拉開猙獰的微笑，頓地破壞那張小臉原本的清秀，「小家主，不要說妳忘了，妳當年的狩妖還是我指導的啊！」

話聲未散，珊琳身下驟現大量漆黑藤蔓。

黑藤像是暴起的群蛇，瘋狂朝楊百罌展開圍擊。

惡毒的高笑聲仍持續響動。

「妳可愛的弟弟還好嗎？那個骯髒、血統不純的小半妖，卻比妳還快獲得更強大的力量。妖怪居然比妳這楊家家主早一步成為神使，他凌駕在妳之上。而妳，苦苦磨練卻終究是一場空。」

珊琳周身忽地浮竄出奇異的灰色煙氣。

那些看起來隨時會染爲闃黑的氣體，恍如有生命力般流轉著。

珊琳的咯笑無預警放低，變得又輕又細，像黑夜中的呢喃，如影隨形。

「妳看看妳，可憐又可笑的小家主。空有靈力，卻無神願意和妳締結契約。就算現在找了個小山精，但她眞有辦法成爲妳想像的神祇，收妳做神使嗎？不可能的，妳們都是那麼弱小啊……嘻嘻，哈哈哈哈哈！」

拔得尖利的大笑中，灰色煙氣頓如疾箭射出。在楊百罌閃躲之際，卻沒想到煙氣竟折返一記回馬槍。

血肉被銳物貫穿的聲音，在黑夜裡像是被放大數倍。

楊百罌像戴了面具的漠然表情，當即因爲痛楚迸裂出一條細縫。她蒼白著臉，身勢險些一踉蹌，即使立刻穩住，可從臂膀上溢滲的鮮血，正確實從她壓按的指縫間不斷流落，滴墜至地面。

「怎麼只有一個窟窿而已？我啊，想看妳流更多的血呀，百罌！」珊琳發出歡快的喊聲，乍聽之下，有如眞正的楊家守護神親暱地呼喊著。

楊百罌神情閃過冷厲，「妳不是珊琳，不要用那種令人作嘔的語氣叫我。」

由多張符紙交錯疊成的符扇一甩，立即齊齊鎖定住珊琳飄忽不定的身影。

「汝等是我兵武，汝等聽從我令，飛鳶！」

比先前更大量的尖喙飛鳥衝湧向珊琳，密密麻麻好似要組成天羅地網。

珊琳仰頭再次厲嘯，黑藤拔起，一條條竄刺入那些即將逼來的飛鳥體內，使之當場回復爲不再具有殺傷力的破損符紙。

「妳的小腦袋是記不住我說過的嗎？不要忘記了，指導妳狩妖技巧的可是……！」

珊琳歪曲的笑容霍地凝凍，瞳孔收縮。她以爲楊百罌的那一擊用盡了拼成摺扇的符紙，卻完全沒想到原來在竄生的黑藤群後，還有三張符靜靜停懸半空，呈三角地包圍住她。

紙面上已攀繞完字紋，周邊是細微的電光啪滋閃爍，在黑夜中彷彿星屑墜落於人間。

楊百罌面容冷淡到近乎冷酷，艷麗的眸子裡倒映出紅眼瘴異流露驚惶的臉，她將催動術法的最後四字平靜吐出。

「三重疾雷。」

像是火苗的電光剎那間暴漲，猶如多條銀白色大蛇，朝無處可逃的珊琳吐出了最致命的獠牙。

雷電轟閃，在熾白的光芒中，嬌小人影發出駭然尖叫，身形跟著扭曲歪斜，最末終於像撕扯到極限，在電光裡化爲灰燼。

拔得淒厲的尖叫戛然而止。

黑夜的世界頓時崩垮，不論是漆黑的天空、張牙舞爪的樹影或是石砌的祠堂，都像風化的粉末，迅速無聲飄散，暴露出被遮掩的昏暗煙氣。

楊百罌瞪著如今空無一物的位置，感到肺部傳來了一陣要爆炸般的灼痛。她這才意識到，自己在不知不覺中屏住呼吸太久。她急促地喘氣，胸脯快速起伏。

楊百罌想上前仔細確認，然而方一邁步，身子就像失去控制般險些站不穩。

楊百罌自知是因連續使用符術，讓她一時緩不過來。尤其最後消滅珊琳的那一招，更是一口氣耗去不少靈力。

可是，這也證明了那陣子的密集訓練沒有白費。

「妳說我苦苦磨練終究是一場空？妳什麼也不懂，多可憐。」楊百罌淡淡地說，一邊抽出一張新符紙注入靈力。

頓見紙張閃過白光，幻化成潔白繃帶，包纏住自己臂膀上的傷口。

「我可以為了守護我重要的人而戰，我的努力從來不是白費。而且有人知道，他甚至告訴過我，我已經很努力了，那個人拉起差點跌入黑暗的我。」

「還有，妳那顆連愚蠢也難以形容的腦袋，恐怕弄錯了一件事。珊琳會不會和我締結契約都無所謂，她是我的家人，我們楊家的一分子……我忘了，妳的腦袋早就不在了。」

將傲然的嘲諷留給身形俱滅的瘴異，楊百罌不再留戀地轉過頭，急奔往另一方昏黃世界，打算給予蘇染援助。

只不過撞進視野的畫面，令楊百罌不禁呼吸一窒。

紅色，大片的紅色。

難以數計的千百紅蝶就像升湧的浪潮，吞沒了蘇染的身影。它們薄薄的雙翅拍振，該是細小的聲響匯聚起來竟有若雷鳴。

「蘇染！」楊百罌不敢猶豫，專司攻擊的符紙馬上夾在指間，「汝等是我兵武──」

「汝等聽從我令，裂光之鞭！」

可是不待楊百罌喃唸完咒語，另一道女聲就像出鞘的利劍劃開空氣，也撕裂了密集的鮮紅浪潮。

螢白冷光將成群紅蝶從中一分為二，一道口子即刻迸現，同時也使得楊百罌清楚望見先前被阻隔在後的景象。

纏握於蘇染掌間的白色光鞭撕開紅蝶群後，馬上飛快揮甩向一襲紅衣的引路人。光鞭威力猛烈，疾如雷電。

然而就在擊中目標的瞬間，引路人崩散成無數大小蝴蝶，赤艷怵目的顏色在這片昏黃中竟像飛濺的紅血。

一擊不中，蘇染飛速再展開下一擊，淡藍的眼珠冷靜犀利，下一剎那便捕捉到空氣裡的異樣之處。

即使身上也有著多處傷痕，但黑髮女孩沒有因此流瀉出狼狽或挫敗之色。對她而言，與其浪費時間在意落空的攻擊，倒不如專注在如何成功地在下一次擊中目標。

散發白光的長鞭迅雷不及掩耳地咬向另一側，鞭尾抽出尖銳的聲響，同時抽中甫成形的引路人，在素白的面具上留下漆黑裂痕。

「引」從中斷開，鮮血跟著從暴露出來的眉心間緩緩淌下，滑過那張潔白的面孔。

那是屬於年輕女子的臉，可除了一雙猩紅似血的眼睛，再也說不上其他特色，讓人過目即忘。

因為那是都市傳說，都市傳說不需要臉。

人們在口耳相傳時，敘述的只會是她的紅衣、她的燈籠、她的面具。

楊百罌下意識欲衝上。

蘇染就像察覺她的想法，飛快抬起手。

「她由我負責。」蘇染平靜地宣告。

楊百罌腳步頓地止住。

「妳為什麼不許願？」引路人似乎不覺鮮血正從眉間傷口淌落，柔滑的嗓音吐出，「強烈願望的味道……向我許願，如此一來，妳就能獲得所想所望。」

引路人的形影乍地消逝，再闖進蘇染眼內時，已逼近她面前。

那速度著實太快，彷彿引路人一開始就是佇立此處。

素白的五指猛地扣住蘇染的頸項，將她提離地面，緊接著重重擲甩，那具纖細的身子毫無防備地摔墜於地。

自背部和後腦衝上的衝擊幾乎令蘇染眼前一黑，意識中斷數秒。

但這短得不能再短的時間，對引路人來說已是莫大空隙。

蘇染張大的眼除了昏黃光斑閃晃，倏地又罩下不祥的鮮紅。

引路人壓制於蘇染身上，白色手指覆住那張清麗的臉，血色的眼瞳隨著俯傾的身子和她靠得極近。

「我可以實現妳的願望。」

成群紅蝶在引路人身邊飛舞，振翅聲連綿成不絕餘耳的嗡鳴。

「我將提燈引路，引領人走出絕望，獲得所想所望。只要同我祈求，只要對我開口。」

「然後妳將取走代價。」蘇染的藍眼透過指縫間盯視著引路人，目光凜凜似開封的刀刃，「引路人的把戲我當初可是受夠了。更何況，妳不過是虛假的人偶，人偶倒不如乖乖閉上嘴巴，聽好我的答覆。」

就在那清冷音節溢入空氣的剎那間，蘇染膝蓋屈起，猛力地撞開那包覆紅衣的身子。旋即她雙腳猝然纏上引路人，在力道與巧勁的運用下，轉眼逆轉了局勢。

換成蘇染壓制在引路人之上。

「我拒絕向妳許願。」令人想到孤高冷月的清麗女孩冷靜淡漠地說，舉起的手中乍然生現光點，轉眼凝聚出一把通體透黑、烙著赤紋的長刀，「我的願望──」

在引路人扭曲又挾帶驚恐的表情中，長刀迅烈如流火在空中劃出一道短而鮮明的軌跡。終點是引路人的心口。

「我會自己去實現。」

刀尖扎破層疊的衣飾，然後切開身軀，直到刀身沒入大半，無法再前進為止。

引路人大睜的眼眸似乎還保留了前一秒的不敢置信，接著紅眼光芒急遽黯淡。

等到完全無光時，那抹像是凋零紅蝶的身影也一併腐朽崩解。

頃刻，就像塵土碎散一地。

受到昏黃覆蓋的世界開始搖搖欲墜，街景如同遇熱的雪片逐一消融。昏黃色也像退潮時分的潮水，一口氣往後疾退，換回了最原本的灰暗煙氣。

「蘇染！」楊百罌馬上上前，暗中一直蓄勢待發的符紙則是被她收起。對方既然不想她插手，在逼不得已的情況到來前，她也絕不會貿然動用符術。

「我沒事。」蘇染調整好有些紊亂的呼吸，拄刀站直身子。她的臉色看起來仍有幾分蒼白，畢竟方才的那一記重摔，差點就要剝奪她的意識。

楊百罌沒再追問蘇染的狀況。她們倆其實都是自尊極高的人，不願在別人面前輕易流露脆弱，所以她直接改了話題。

就在楊百罌準備和蘇染討論該如何脫離眼下空間，倏地，奇怪的聲響傳進她們耳內，聽起來就像是有什麼在劈啪破碎。

兩名女孩立即一凜，眼神轉冷，不假思索地握緊各自的武器。只要再有敵人現身，即刻不留情地出手。

可誰也沒料到，當不遠處的上空幽暗霍地如打破的鏡片般四分五裂，從中掉落下的兩道人影，居然是熟悉得不能再熟悉的——

「蘇冉？」

「柯維安！」

兩張美麗的容顏難掩訝色。

而乍一聽聞自己的名字，平穩站直的蘇冉和狼狽趴地的柯維安亦大吃一驚。

「蘇染？」

「班、班代!?」

柯維安的大叫最爲響亮，娃娃臉上的表情也最爲震驚。顧不得身上因疼痛而發出的抗議，柯維安急急爬起，和蘇冉一同奔向意外會合的同伴。

「班代、蘇染，眞的是妳們？呸呸，這句當我沒說……」柯維安忍不住想巴上自己的腦袋。彼此神紋的氣息不可能作假，況且蘇冉也未曾提出質疑。眼前的兩名女孩，斷然不會是怠墮製造出的虛假人偶。

「抱歉，因爲不久前的狀況有些混亂……我們碰到了符廊香和新引路人，當然是怠墮的再造版本，不過惹人厭程度絕對有過之而無不及。」興許是沒想到能那麼快再見到分散的同伴，激動讓柯維安控制不住自己的嘴巴，劈里啪啦地將話一股腦往外倒。

蘇染和楊百罌沒打岔，靜靜地從那些話語中取得她們想知道的訊息。

「……總之，最後我們是利用惠先生的力量，打破困住我們的陣式，結果竟然掉到妳們這來了。這實在是……太讓我意想不到……」柯維安喘了口氣，激動的神情漸斂，娃娃臉浮上嚴肅。

「我在猜，雖然三道門出現在同一地方，可是門內的空間或許是由淺至深……我們在最外圈，班代妳們在中間，所以我們才會掉到這來。而門的顏色，的確也暗示著可能碰上的敵人之一……」

「引路人和披著珊琳外皮的瘴異。」楊百罌冷冰冰地接話。

柯維安瞪大眼，倒抽了一小口氣。怪不得班代的心情看起來很差，怠墮派出的人偶簡直就是帶著無窮惡意，專刨挖他人內心傷口。

「我大概猜得出，小白他們會遇上誰了……」柯維安舔舔發乾的嘴唇，啞聲地說。那扇幽青色的門，無異就是最明顯的提示。

「情絲。」蘇染輕聲地說。

「也許，還不只她……」柯維安感到喉頭縮緊，聲音必須費一番力方能擠出，「我們碰上的都是人偶，眞正的大BOSS還沒出手。也就是說，很可能……」

「一刻會先遇上怠墮。」蘇冉語氣沉寂，但底下蘊含的是冰冷焰火，「這也是爲何我們會退讓。」

蘇冉的話乍聽之下沒頭沒尾，可是在場其餘人皆能明白底下含意。

換作是平常時刻，不管是蘇染、蘇冉或是楊百罌、柯維安，都會希望能和一刻結伴行動。然而唯有這次，他們主動退讓了。

因爲他們清楚，一刻是最有可能先碰上怠墮的人。

既然如此，曲九江就是最適合和他同組的人選——怠墮的體內有情絲的「部分」。

而鳴火，正是情絲的天敵。

讓曲九江和一刻同行，可以最大限度幫上他的忙。

就算做了心理準備，但只要思及一刻他們在接下來可能真將對上怠墮，緊張和焦灼仍舊無可避免地衝上眾人心頭。

「我來『看』。」蘇染說。

「我來『聽』。」蘇冉說。

誰也沒有對此提出質疑，一行四人馬上在昏暗中大步疾奔，尋找著能夠讓他們通往青門空間的道路，腦海中唯有一個念頭。

要快點，快點找到一刻他們！

第十七章

此時尚在謹慎前行的一刻和曲九江，自是不會知道在另外兩扇門後的空間曾發生了什麼，更不會知道兩隊分散的同伴已經會合。

自從踏入幽青色的門扉，詭異的暗色氣體就盤旋在四周，遮擋了前後左右，能見度只有方圓幾公尺而已。

再遠一點，就無法窺探煙氣後方的景象。

就連最開始進入的門，也早被活物般的煙氣吞沒得不見蹤影，再尋不得。

不過既然選擇踏進青門，一刻就沒想過中途折返。

別開玩笑了，他可還沒有宰了怠墮那混蛋！

想到至今以來，間接由怠墮加諸在朋友、同伴身上的折磨，一刻就感到心頭有團烈焰在燒灼，令他的喉嚨收緊，胸口傳來鈍痛，同時也凝聚出難以消除的憤怒。

蔚可可、秋冬語、末藥、宿鳥、柯維安等人……甚至還有瓏月和珊琳，他們都是因瘴異，因怠墮而受到傷害。

無法原諒，說什麼都不可能原諒。

一刻眼中翻滾著戾氣與凶暴，可冰冷的怒氣也像條繩子般拽扯住他的理智，使他同時保持冷靜，不至於莽撞行動。

和曲九江一前一後而行，一刻的左手攀繞著橘色神紋。白針被他抓握手中，以便隨時發動猛烈一擊。

即使一路走來，除了流轉不休的昏暗煙氣，就再無見到其他異樣，一刻也沒有因此放鬆警戒。他的身體微繃，維持著蓄勢待發的狀態。

位居後方的曲九江則是召出火焰，緋紅的焰光成為這片空間裡最顯目的存在。

突然，一刻開口打破了靜默。並不是他有聊天的欲望，而是有個疑惑他想要弄清楚。

「你為什麼要拿走那顆紅色的？」一刻指的是那些光球。

就算起初他不了解那是什麼、有何用途，可是當柯維安強制塞給自己白色的光球後，他就發現到了——那是神祇的力量。

一刻自身就是半神，對神力的感受比他的朋友們來得敏銳。他當下意會過來，那顆白色的光球內，封鎖的是劍靈——范相思的力量。

如此一來，另外幾顆光球所代表的意義，頓時不言而喻了。

黑色是惠先生，金色是胡十炎，灰色是灰幻；紅色自是屬於紅綃。

這些必須要在繁星市坐鎮，力抗污染的公會幹部們，為了能幫助他們打倒怠墮，將各自力量分離出來，以供他們在危急時使用。

但一刻記得很清楚，紅綃是名多重混血的妖怪。她的力量太雜，無法分割成純粹的能量體。這表示紅色的光球很可能是出自紅綃之手的開發品，可以在某個時刻派上用場。

最重要的是，曲九江二話不說就拿走了。

一刻認識的這名半妖，可不是會主動索取什麼的性子，這反常的行爲只說明了一件事。

曲九江了解光球的用處，並且決定要使用它。

「你打算做什麼，曲九江？」一刻沉著地詢問。

如果曲九江是想做出會讓自身置於危險的行爲，那麼一刻就要不客氣地送上拳頭，然後搶走光球。

只不過一刻可沒想到，從後方拋出的回答會令他當場想大翻白眼。

「小白，你不覺得你管太多了嗎？」

「管你老木！」一刻終究還是忍不住翻起白眼了，縱然身後人根本看不到，「要不是身爲朋友，老子才不想管你那麼多。你當每個人都吃飽太閒嗎？」

一刻發誓，要是曲九江再發出冷嘲熱諷，管對方拿走光球的意圖是什麼，他直接回頭，一拳就要揮出去。

意外地，曲九江陷入短暫的沉默，彷彿在思索要吐出的句子。接著，他像勉爲其難地說，「好吧，那你也不是不能管。」

「……幹，我謝謝你喔！」一刻咬牙切齒，忍無可忍地回頭。倒不是眞的要揮出拳頭，而是惡狠狠地給了隨行同伴一枚眼刀和一記中指。

一刻沒注意到的是，他原本想釐清的問題，就這樣被曲九江巧妙地混過去。

曲九江伸手摸碰口袋內的紅色光球，他的確知道此物的效用，也決定要拿它來做某件事。

但在這之前，他絕不會讓一刻知道。

否則，他的神鐵定會暴跳如雷地阻止……曲九江心中思緒流轉，表面不洩露分毫端倪。

就在曲九江思考著是否該主動開啓別的話題，以確保白髮男孩的注意力徹底被轉移的瞬間——

不單是曲九江的神情霎時變得陰冷，包括一刻的雙眼也掠過凶戾。

兩名神使在刹那間感受到周圍溫度在下降，凍冽的寒氣夾雜在空氣裡，撲面而來。

旋即是一陣輕微的異響，傳進一刻他們耳內。

啪哩。

就好像有事物凍結的聲音。

來自於下面！

一刻和曲九江立即低頭，頓見後方路面在不知不覺中，竟被淡藍剔透晶體覆蓋。在懸浮的赤焰照耀下，折射出美麗又不祥的光芒。

寒氣正是由這層晶體源源不絕散發出來。

當「寒冰」兩字撞進一刻他們心頭，凍覆路面的冰層瞬間再生異變。

更多寒冰自路上層層堆疊，只不過一晃眼，體積和面積變得龐大無比，像是一座巨大城牆。不但全然阻斷一刻他們的後路，同時迅速往前擴增領域。

冰牆簡直像擁有生命力般不斷增殖，一路推進。上頭還鑽冒出無數尖銳冰稜，只要閃避稍慢，就會迎來鮮血四溢、身體開洞的下場。

但是，面對這宛如張牙舞爪怪物的巨大物體，一刻卻突生出一種想法——比起攻擊，這層冰更像是在逼迫他們前進。

雖然不曉得敵人在故弄什麼玄虛，那就乾脆順對方的意，親眼去看個究竟。

「曲九江，跑！」一刻剎那下了決定，果斷地大喝。

曲九江彈下舌頭，掌心間熱源驟消。他轉過頭，跟著一刻向前奔跑。

寒冰增長速度飛快，可說緊追在後頭不放。

一刻和曲九江腳程自是不慢，始終和急湧來的冰體維持著一定的距離，直到他們兩人眼中霍地出現異於昏暗煙氣和淡藍寒冰的景物。

一刻霍地揚聲，「曲九江！」

紅髮銀瞳的半妖青年猝然旋身，兩條臂膀浮現灼灼烈焰。緋紅色火焰霎時形成驚人形體，肖似猛獸，背長雙翼。

說時遲、那時快，有翼炎獸張開猙獰大口，噴吐出熊熊火柱。

與此同時，一刻的白針也猛然揮劈出巨大月牙白痕，與火焰雙雙衝撞上那座布滿尖刺的冰牆。

就像承受不了半神與半妖的合擊，「轟」的一聲，冰牆竟像脆弱的玻璃應聲盡碎。

大大小小的冰體猶如水晶四散，剔透的表面折閃出瑰麗微光，登時替此處增添一股迷離之感。

「唉……」

冷不防，一道幽幽嘆息飄出。

四散冰體轉眼又崩解成更微小的粒子紛飛，像是滿天的鑽石塵。

一刻他們並沒有漏聽那道聲音。

也許曲九江只覺得陌生，可對於一刻而言，那道接近氣聲的哀愁嘆息，在他記憶中曾留下鮮明的痕跡。

「我操！」尤其當一刻看見冰屑下倏然生成的纖弱人影，咒罵更是忍不住脫出口。

現身在兩人眼前的，是一名蒼白少女。水藍色的髮絲長至及地，嘴唇泛出些許淡紫色，就像被低溫凍壞似的。

其中最為奇異的，當屬少女的髮絲末端和曳地的裙襬邊緣，有如水波漣漪般一圈圈擴散，時不時還能聽見水珠落下之聲。

滴滴答答、滴滴答答。

少女的到來，頓時為四周帶來了水氣及陰冷。

甫見那名少女，曲九江銀眸猝地瞇起。他見過那張臉，就在這幾天的神使公會裡。和水中藤——水瀾，一模一樣的外貌。

唯一的差異，是面前水藍長髮少女的雙眼，透著像惡意結晶般的猩紅色。

「怠墮的……人偶。」一刻第一眼就明白了。數年前他就曾與怠墮對戰過，凡是曾被瘴入侵的存在，幾乎都會再次藉由怠墮之手，重新出現在他們眼前。

「哎……呵……」紅眼的水瀾歪著頭，蒼白的面容一掃哀愁，發出了愉悅的笑聲。那聲音拉得又長又細，像是隨時會在空氣裡斷裂成數截，帶著一抹不真實的虛幻感，和林立在一刻他們身後的妖異之景，正巧形成呼應。

一刻他們前方是虛假的水中藤，後方則是覆蓋大片不平冰層，像是崎嶇的冰川交錯蔓延。間縫裡生冒出眾多幽青色的不明花朵，花莖和花瓣同樣纖細鋒利，表層被薄薄的冰晶包覆住，看起來夢幻又詭異。

此時此刻的這方空間，一切都透著超乎現實的光怪陸離。

「一個、兩個……」水瀾忽地抬起手，蒼白指尖指向了一刻他們，「都該回不了家，都該……」

淡紫色嘴唇拉出歪曲的弧度。

「殺！」

氣若游絲的呢喃猛地拔得尖高，水瀾身後利光瞬閃，多根鋒銳冰稜衝出，飛也似地瞄準目標前去。

「那也要妳有辦法殺得了，垃圾。」曲九江冷笑，踞立旁側未消的雙翼炎獸立即掠出。

熾烈的火焰吞噬冰稜，同時毫無滯停地朝更前方的水瀾張開駭人大口。

眼見由烈火勾勒出的獠牙，就要觸及那孱弱無依的身子——

但瞬間，水瀾身形崩融爲水，炎獸撲空，消散於昏暗之中。

緊接著，留在地面上的水窪內突現冰錐。

密集高大的尖銳物體就像凶獸的利牙，迅雷不及掩耳地直逼前方的一刻和曲九江。

白針和烈火毫不退卻地悍然迎戰，凶猛威力當場使得冰錐碎濺飛灑成多塊。

可誰也沒有想到，冰屑後竟是冷不防衝出第二波攻擊。

深褐影子快速纏捲上兩名神使的四肢，讓他們連反應的時間也沒有，就被粗暴摔擲出去，雙雙撞上了那座橫跨大面積的冰川花園。

半透明的冰層因重擊迸綻粗大的裂縫，或是產生凹陷。

一刻甩去眼前的暈眩感，忽視疼痛和竄進皮膚底下的寒氣，馬上撐起半身，想迅速讓自己擺脫無法反擊的困境。

然而闖入眼角餘光的幽青花朵，讓一刻動作一滯。

一刻瞪大眼。在如此近的距離，足使青花的模樣纖毫畢現地映入他眼內。

不對，那根本就不是眞正的花朵。

被薄冰包裹在裡頭的，竟是由青色絲線交繞組成的虛假之花。

「馬的！情絲！」一刻霎時意會過來，他咬牙厲吼。

「呵呵……」尾音拉得繾綣纏綿的低笑驀地溢入這片空間，「你好呀，宮一刻。你和那名骯髒卑下的小半妖，我著實相當想念哪……想念得，巴不得能親手將你們開膛破肚啊！」

「小白趴下！」與冷酷高笑一併響起的，是另一道大吼。

一刻反射性照著曲九江的警告行動。他只來得及覷見一束緋紅疾速飛來，卻無從知曉自己後方亦有一雙蒼白柔軟的手臂探出，即將圈上他無防備的頸項。

隨著一刻伏低身子，鳴火之焰掠過他的頭頂上方。但就在觸及那雙手臂之際，卻像撞上一片虛影，沒有任何阻礙地穿了過去。

「太心急可不好……別擔心，我們可是有著大把的時間。」甜蜜溫柔的呢喃這次從另一端傳出，大股青色煙氣跟著凝聚出一抹人形。

幽青的長長髮絲垂曳至地，在腳邊鋪展開來，像是一圈圈漣漪堆疊。妖媚蒼白的面容上，一雙紅眸如同血液凝固，不祥得令人怵目驚心。

情絲薄薄的紅唇彎起笑弧，裡頭溢著一股難以忽視的瘋狂。

「沒錯，有著大把的時間……」和情絲各踞一方的水瀾也氣若游絲地開口。她的裙襬邊緣晃漾出黑暗，黑水在她身下擴散，自當中鑽竄出數根柔韌的深褐樹枝。

綠葉抽長，一片片淡紫花瓣接成一串串，再積成一叢叢。可就在藤花形成紫瀑垂下的剎那間，花瓣中心卻染出詭異的污黑，頓時使得藤花串就像歷經腐爛，令人看得毛骨悚然。

「可以好好地，仔細地，」最末悠然揚起的，不是屬於水瀾，也不是屬於情絲，而是第一次出現在這空間內的溫文嗓音，「將你們折磨至死呢。」

這聲音！

一刻和曲九江面露愕然，震驚促使他們飛快扭頭，急急尋找著那道男聲的源頭。

然後一刻他們看見了，與水瀾、情絲形成三角，將他們包圍住的另一端，不知何時佇立著一道修長人影。

黑髮男子噙掛著和煦微笑，令人不由得生起了想親近的念頭。細框眼鏡和格紋襯衫則是替他增添了知性的氣質，和與生俱來的優雅交織出一抹獨特的成熟魅力。

「學……」一刻幾乎下意識要大叫出那個不能再熟悉的稱呼。可是男子鏡片後的猩紅眼瞳，讓他立刻醒悟過來，面前的這人同樣也是怠墮的人偶。

那不是安萬里。

「守、鑰！」一刻的驚愕轉成猙獰笑容，逼人凶氣四溢，「你們想折磨我們至死？行啊，那就看你們他媽的有沒有這個本事！曲九江，情絲交給你！其他兩個，老子啊，絕對要把他們揍得滿地找牙！」

白髮男孩彈躍起，提著長針，就要像掙脫桎梏的野獸竄出，但卻被一股力道突如其來拽扯住衣領。

「你搞錯了，那個掛著令人作嘔笑容的傢伙歸你。至於另外兩個，我要燒得她們屍骨不存。」不待一刻惱火的眼刀射來，曲九江傲慢地扔下話，旋即不客氣地將一刻拋往另一個方向，自己則是搶先奔掠出去。

緋紅火焰登時燃現，肖似兩條蛟龍分別衝向了水瀾與情絲。

一刻重重彈舌，緊接著果斷轉身，投入屬於自己的戰場。

「小白學弟，你們沒有勝算的，爲什麼要執著在註定失敗之事上呢？」和安萬里擁有相同面貌的守鑰溫聲地問，語氣眞誠，就像在關懷後輩。可是從他掌心前閃現的道道白光，彈指間拉長變薄，塑成尖銳的光刺。

下一秒，如箭雨疾射，密密麻麻地撲竄向前方的一刻。

一刻閉口不回應，奔馳的速度飛快，一邊敏捷閃避，一邊揮針擊開近身的光刺，但還是有部分成功在他身上留下殷紅血痕。

火辣的疼痛當場扎入神經，令一刻眉頭緊皺，臉部線條繃得愈發凌厲冷硬。

「也許你覺得情絲不可能勝過九江學弟，因爲嗚火本就是情絲的天敵。可是，事情當眞會如此？」守鑰溫和的話語持續迴盪在一刻四周。

明明音量不大，但每一字、每一句無比清楚地鑽入一刻耳中。

「你忘了嗎？如今情絲早已是我等『唯一』的部分，她的身體構造已改變，不同以往，嗚火火焰可沒辦法那麼輕易傷到她。也許在你正白費力量的時候，九江學弟便已經……」

霍然闖過光刺的熾白長針截斷了守鑰的話。

白針挾帶雷霆之勢，有如撕裂黑夜的流星，迅雷不及掩耳地縮短和守鑰的距離，同時也讓對方瞳孔微縮，卻仍是抹不去那張斯文面孔上的笑容。

顯然對守鑰而言，白針逼來的速度雖讓他感到一絲吃驚，不過仍不足以構成眞正威脅。

黑髮男子抬起手，三重淡白光壁剎那阻擋在白針前方。

針尖貫穿了第一層、第二層，卻破不了最後一層，僅在上方留下蛛網般的淺淺裂痕。

只不過守鑰理所當然的笑意剛滲入眼底，下一秒卻是驟然凍結。

守鑰愕然地張大眼，全然沒預料到在白針強勢進逼的同時，竟還有一抹影子飛速欺近。

白髮男孩鬆開握著的長針，猛地下壓身子，一記凶猛滑剷襲向守鑰下盤，登時讓後者身子失衡，無法掩飾狼狽地朝後重摔。

一刻瞬間撐地，大力彈跳起。左手五根手指緊緊攢握起，右手飛也似地探出，扯住守鑰的襯衫領口。

「你話太多了，打架可不是靠舌頭，而是靠拳頭啊！」

閃耀橘色神紋的左拳毫不留情地粗暴砸出，砸上了守鑰的臉。

如果不是因爲一刻一手猶拽著對方領子不放，那具身軀只怕會當場飛出數尺。

瞧見那張和安萬里如出一轍的臉孔浮出大片紅腫，並且開始凝爲青紫，嘴唇更是表層破皮，嘴角滲出血絲，一刻心裡閃過稍縱即逝的罪惡感，覺得自己好像在痛揍那名親切待人、受人尊敬的學長。

不過那點微不足道的罪惡感，很快就被一刻拋在腦後了。

就算披著親近之人的外皮，那也是敵人。

沒有錯過周邊微光閃晃，一刻馬上快速躍開。

前一秒仍是立足之地，後一秒赫然平空拔起多面光壁。

倘若一刻動作慢上那麼一瞬，只怕就會被關在光箱裡了。

隨意抹去唇畔血漬，守鑰撐坐起身子，血紅的眼盯緊桀驁不馴的白髮男孩，令人毛骨悚然的溫柔笑意在那雙紅眸裡擴散出殘酷的漣漪。

「我不喜歡不聽話的學弟，小白。如果把手腳打斷，會不會變得乖巧一點呢？」

「那可眞是太巧了，我也討厭冒牌貨自稱是我學長，討厭到讓人火大的地步。喂，你還記得我剛說過什麼嗎？」一刻咧開野蠻粗暴的獰笑，十指折得喀喀作響。

「絕對，要把你揍得滿地找牙！」

赤艷流火就像急速旋風席捲，來勢洶洶地分別逼近了紫藤花少女及青絲女子。

面對以往能焚燬絲線的鳴火之焰，情絲毫不戀戰，即刻脫出火焰的攻擊範圍。

與此同時，水瀾身前乍現高聳寒冰，像是城牆般迎擊上曲九江的攻勢。

火焰撞上冰牆，灼燙的高溫雖然使得大塊面積迅速消融，蒸騰出冉冉白氣，可也被阻斷了前行的軌道。

曲九江銀眸閃過厲色，攀繞在手臂上的緋色火焰馬上剝離，分散出多簇飛向高空。緊接著就像驟降的箭矢，兜頭往殘破冰牆後的人影罩下。

「不行哪，只專注在一個人身上……可是不行的。」柔媚女聲冷不防出現曲九江耳畔。

曲九江瞳孔瞬縮，無暇顧及火焰之箭是否擊中水瀾，他猛地轉身，形若獸爪的右手立即揮挾著烈火撕抓。

但是，只觸及到華麗的衣裙一角。

情絲身影恍如鬼魅，時隱時現。隨著她的足尖每一踏地，地面便會生竄出細長青絲，銳不可擋地一路直逼曲九江。

只要曲九江速度稍慢，似針鋒利的青色絲線就會扎進他的血肉，貫穿他的身軀。

幾次閃避下來，曲九江不耐煩了。他腳下頓燃焰火，奪目的緋紅烈焰像漩渦般一圈圈旋綻、擴大，下一瞬霍地暴起，將交錯林立的青絲吞噬殆盡。

情絲一族的絲線在烈火焚燒中，眨眼化爲灰燼。

然而曲九江倒映出烈焰的銀眸裡，卻猛然浮出了錯愕。

因爲從那片張揚緋紅色當中，居然有一束極細疾影衝出，硬生生沒入了曲九江肩頭。

曲九江難以置信地低下頭，素來冷傲的面龐上閃過剎那動搖。

突破鳴火之焰的，居然是一根幽青色的絲線。

情絲一族的絲線，竟沒有消逝在鳴火的火焰裡。

就像在等待著這一刻的到來，一灘漆黑的液體悄無聲息地在曲九江腳下伸展開，數道深影眼見就要在他身上開出多個窟窿。

曲九江倏然拽回神智，赤焰一口氣散逸，取而代之的是兩道冷白光芒似彎月般劃出鋒利弧度，將青絲和深影盡數斬斷。

曲九江抓住空隙，毫不猶豫地抽身躍退，讓自己不再待於黑水勢力範圍中。

足尖點地，紅髮銀瞳的半妖青年神情陰寒，周身不見烈火環繞，潔白繁複的圖紋靜靜地蟄伏在他下巴及頸側的皮膚上。

那是神使的證明，神紋。

宛如與之相呼應的，是被持握在雙手中的兩柄凜凜長刀，刀身上同樣有似流雲、似奔浪的白紋遊走至尖端。

曲九江暫時收起了鳴火之力，改使用神使的力量。

「啊啊……」

黑水裡，幽然嗓音響起。

大量成串的腐爛藤花簡直就像地底下湧冒的淤泥一樣，啵啵啵地浮現了出來，接著失去原本淡紫的藤花串上，亦勾勒出柔弱人影。

水瀾臉龐被空茫的表情佔據，可像要溢出鮮血的紅眸內，卻翻騰著濃烈惡意。

這種不協調感，使得這名水藍髮少女看起來愈發詭譎陰森。

「原來，這就是符廊香說過的半妖神使呀……」水瀾如同感到有趣般彎起一抹笑意，只是僵硬的弧度，就好像是在面具上直接鑿刻出空洞的笑容，「明明是妖，卻也是令人作嘔的神使……果然，是令人覺得骯髒的血統。」

假使換作其他人在場，或許會敏銳察覺到，應該是怠墮人偶的水瀾，眼下使用的卻是悖於人偶的方式在說話。

彷彿有誰藉著水瀾之口，吐出話語。

但面對水瀾的是曲九江。對自己不關心事物皆抱持著旁觀態度的他，自然未發現那細微的違和感。他眼眸瞇細，閃過銀星似的冷酷光芒。

「是的，明明是個下賤的半妖哪……」情絲款款走來，妖媚的蒼白容貌上混著令人膽顫心驚的顛狂。曳地的青色髮絲似乎正隨著她的走動，如群蛇般微微蠕動，像是不祥的活物，「倘若不是仗著自身的鳴火之力，早該被我等……」

情絲舉起手指，指間繞附青煙，青煙霎時再凝成同色的絲線。

「千刀萬剮多次了。但這回可不一樣了，小半妖。你引以爲傲的火焰一旦無法燒燬情絲一族的絲線，你猜會怎樣？」情絲拉開冰冷瘋狂的笑容，眸裡紅光大熾，「會被我開膛剖肚、折斷四肢、搗爛內臟，永永遠遠成爲養分啊！」

有如受到聲音催動，溫馴依附在情絲指間的青色絲線驟然如毒蛇竄射。

不僅如此，就連水瀾身下的黑水裡也鑽出多根泛著黑氣的冰錐，空中更是浮現數量驚人的六角狀冰晶。

形似雪花的結晶體，角角尖銳扎人，伴同著冰錐，大肆俯衝向曲九江的所在地。

同時面臨著青絲、冰錐還有冰晶的圍擊，曲九江神色沒有因此被撼動分毫，戰意和冷厲的憤怒在眼瞳底交揉爲大盛的火焰。

曲九江在三方攻擊逼來的瞬間，有了動作。

那抹狂狷傲然的身影不退反進，他速度飛快，兩柄長刀一前一後甩出，卻是分別朝著不同的方向。

第一柄長刀如旋風般橫斬過沿著地面衝來的冰錐，鋒利的尖刺頓時被輕而易舉地削斷，形成平滑的切面。

第二柄長刀則筆直迎撞上絞纏成一束的絲線，使之像剖成多片的長竹，朝多方彈開。

而就在兩柄長刀前後脫手的剎那，曲九江同時大步躍起，踩上了被從中橫斬的冰錐，竟將它們當作前行的道路。

下一秒，凶猛的緋紅焰火重新席捲，將俯衝的冰晶一舉吞入。

畢竟是細薄的片狀結晶體，不一會兒融爲水，隨即被蒸爲水氣，完全不留痕跡。

這一切，只不過是幾個眨眼間。

情絲臉上乍現驚異，顯然沒想到那名半妖青年居然能在這極短時間裡，將妖力和神力轉換自如，中間沒有絲毫窒礙。

「我不喜歡猜東猜西。我只要知道，礙眼的傢伙直接剷除就夠了。」與無溫的語氣相反，從曲九江握緊的拳頭上霍地燒燃出狂肆烈火，然後猛地朝近在咫尺的情絲揮出。

情絲紅眸大睜，深青色絲線立即盤築出一面大網，有若盾牌般橫擋在火焰與自己間。纏繞火焰的強悍拳頭重砸在青網之上，成結的中心處無法撐擋，頓地斷裂開來。四濺的火焰馬上舔舐上根根絲線，要將之燒成灰燼。

可是，雖然曲九江破開了青網，情絲的身影也已消失在他視野內。就連受火焚燒的青色絲線，都還有部分頑強地維持形體不變。

「我不是說了嗎？」拖曳得綿長的柔滑嗓音，像是從黑暗裡流淌出來，「這回可不一樣了……我不是原來的情絲，我的絲線自然不會輕易被你……」

「……被鳴火的火焰所毀。」

忽地疊合上去的細弱女聲，就像貼至曲九江的耳畔。

「你們打的小主意，可一點也派不上用場了哪……」

什……！曲九江瞳孔急縮。

就在這瞬間，曲九江身子驟然被粗暴地往下扯拽。數根深棕色的植物枝條迅如鬼魅般捲住他，讓他在措手不及間受到猛烈撞擊。

曲九江能感到自己頭部重重撞上地面，眼前炸開剎那黑暗，意識險些跟著遠離。他不知道水瀾就浮立在他身側，不知道情絲從虛空裡抓出大把幽青絲線，擰絞成一把長柄大刀。

在他變得遲鈍的感官中，一切都像隔了層薄膜。

可是就在這模糊裡，突地有道聲音劈開了所有屏障，鮮明似流火地傳遞進他的耳內。

「曲九江！」

就在曲九江命懸一線之際，就在曲九江猛地扯回渙散的意識之際，兩道疾影破空到來。

炫白光束貫穿了情絲的雙手，劇烈的灼痛使她身勢失衡，當場往下跌跪，匯集的青色絲線也立刻失去操控地四散。

慢了光束一瞬的另一道影子，則是先前斷裂在地面的殘枝。

末端尖銳的深褐樹枝快若閃電地沒入水瀾胸口，過大的勁道將那具纖弱身子順勢往後帶，隨後才摔墜在地面上。

「曲九江！喂，曲九江！」趕來的一刻急急奔上前，心裡有絲懊惱。如果他的動作再更快一點，就不會讓對方陷入險境。明明知曉水瀾和情絲都不是好對付的敵人，卻還是讓曲九江獨自面對她們。

「幹！老子就知道我們兩邊果然還是要對調才對！」

「……然後你很快就會被捅成篩子了，小白。」陰惻惻的聲音緊接響起。

「篩你……」一刻的破口大罵猛地停住，他看見曲九江燒燬縛於身上的樹枝。

旋即那名半妖青年在電光石火間，彈射出多道緋紅箭矢。

由火焰凝成的利箭扎進了情絲的雙膝、腳踝、掌心，使那抹還來不及站起的身影被深深釘在地面。

火焰灼燒著情絲蒼白的皮膚、華麗的衣飾，可是卻不若乏月祭的那一夜，爲她帶來毀天滅地般的傷害。

「呵……」看著似普通火焰的鳴火之炎，情絲咯咯地笑了，妖媚的笑容越擴越大，終至成爲駭人的瘋狂，「哈哈哈哈哈！不是跟你說沒用了嗎？現在的鳴火火焰，是不可能從外邊輕易傷害到我的！更不用說你那半吊子的妖力裡，還混雜著可笑的神力！如此不純粹的軟弱力量，永遠都別想……！」

情絲顛狂的高笑戛然而止，就像突然被切斷了發聲能力。血紅眼睛驚駭大睜，不敢置信的情緒扭曲了那張妖冶的容顏。

情絲慢慢低下頭，然後她的頭顱再也沒有抬起過，宛如時間被停止了般。

火焰之箭釘穿了她的四肢，留下焦黑的窟窿，細密的青色髮絲則像深幽的河流散布在她的腳邊。

在那名青髮女子胸前，有兩截泛著森森冷光的刀尖從她體內突刺了出來。

兩把烙著潔白花紋的長刀，從成形到無聲疾烈地貫穿情絲身軀，只不過是轉瞬間的事。

「傻了嗎？誰說一定得用鳴火的力量才行。」曲九江輕蔑地哼了一聲，銀眸冰冷地看著那道被青絲包圍的蒼白人影表面出現裂痕。

接著像是脆弱的瓷器般，從頭到腳開始劈啪碎裂。

很快地，情絲所在之處就只剩下一地碎片，隨後再分解爲粉末，什麼也沒留下。

「你那邊解決完了？」曲九江推開一刻伸來的手，靠自己之力站起。他按著額角，彷彿想要揉開那份未完全消散的暈眩感。

「廢話，不然我過來你這幹嘛？」

「誰知道？說不定是我的神太沒用了，所以才跑過來向我討救兵。」

「討恁娘啊！」青筋在一刻額際突突跳動，拳頭也在蠢蠢欲動。

如果不是記得對方前一會兒才被摔得狼狽，一刻早就先送給自己的神使一拳。

一刻壓下竄起的火氣，果斷忽視曲九江嘲弄的話語，自顧自問起另一件令他在意的事。

「鳴火的火焰，眞的對情絲失效了？」一刻緊皺著眉，沒忘記方才見到的畫面。

那緋紅火焰就像失去往昔威力的尋常焰火，沒辦法給予情絲致命的一擊。

假使眞是如此，那是不是也表示著……曲九江的火焰，將無法撼動體內有情絲「部分」的怠墮分毫。

「不，與其說是失效，不如說傷害力減低了。」一扯上至關緊要的問題，曲九江不再吐出刻薄語句。他張開五指，面無表情地望著一簇紅火平空生成，「傷她，可以。殺她……」

「只怕終究徒勞無功哪……」

氣若游絲的細細女聲就像凝結的冰珠，猝然砸墜在這處空間裡。

一刻和曲九江大震，猛然轉向發聲處。

乍一見到披散著水藍長髮，裙襬像要擴散爲水波的少女慢慢支起身子，一刻不由得暗罵自己大意。

該死的！他竟然忘記光憑剛剛那一擊，是不可能爲水瀾帶來重創的！

那終究只是一截枯木，而不是神使蘊含神力的武器。

「你們打的那些小主意……是成功不了的。」水瀾抬起蒼白的手指，卻不是欲施展出任何攻擊，而是搭上了刺入自己心口的銳物，逐漸將之從裡頭拉出。

血肉磨擦的細微聲音在空間裡被放至最大，令人下意識湧上生理性的戰慄與排斥。

一刻看見紫藤花少女將枯枝凍上寒冰，再不費吹灰之力地捏得粉碎。還看見她胸口上的窟窿不但沒有滲淌血跡，甚至正以驚人的速度收攏。

這不可能……一刻眼中流露驚愕。就算那不是神使的武器，也灌注了猛烈的勁道，水瀾不可能毫髮無傷。

「呵，你們覺得有情絲的『部分』在……就能利用鳴火之炎，帶來致命的傷害？」水瀾坐在原地未動，周遭昏暗煙氣徘徊流動，沾附上她的裙襬、髮絲末端，使得如漣漪的兩者好似在擴大範圍，隱約還能見到淡淡水波一圈圈地外擴。

一刻內心有種不祥預感。眼前明明只是怠墮製造出的人偶之一，可是一股難以言喻的怪異感覺，緊緊地揪著他的心頭不放。

「這想法如此天眞，又如此的……愚蠢到令人發笑。」水瀾聲音細弱，好似稍大的氣流一吹拂，就會斷成數截。

可是每一字、每一句，依舊無比清晰地被送至一刻他們耳中。

「你們當眞不明白？那終究，只不過是微不足道的部分……就如同你們滴下一滴墨至湖水中，到頭來仍會被沖刷得不見蹤影……」水瀾緩緩站起身。

這微小的動作，卻帶出了大範圍水波顫晃。

一刻倒抽口冷氣，在他們誰也沒察覺的情況下，水瀾的裙襬竟眞的融爲大片暗沉黑水。一圈接著一圈的漣漪迅速推展，剎那間逼到他們腳下。

「小白。」曲九江忽然簡潔地喊，那短短兩字，飽含的是一份罕見的緊繃。

一刻立即回頭，撞入他眼中的，赫然是另一幅未曾預料到的光景。

交錯疊成冰原的淡藍寒冰在不知不覺中消融成水了，植立在間隙的青絲花朵跟著被沖得零散，受到水波的推擠一路向前，慢悠悠地飄到了兩名神使腳邊。

地面被黑水淹過薄薄一層，四周氣溫往下降，凍人的寒氣如蛆附骨，揮之不去。

「不管怎樣，你們確實都是讓我……」滑出淡紫色嘴唇的不再是氣弱的嗓聲，轉換成像摻了毒素的甜美之音。

「讓吾，欣賞到有趣的一幕哪。」

被黑水包圍的紫藤花少女拉開一抹歪斜如新月的笑容，就像是黑暗被割劃出一道裂口，從裡頭滲溢出來的是無止盡的黏稠惡意。

尖銳的戰慄從一刻腳底直沖腦門，那抹笑容他只在一個人的臉上見過。

那根本就不是人偶，那是……

「怠墮！」一刻簡直像咆哮般喊出那令他深惡痛絕的名字。橘色神紋在他手臂閃晃出一瞬光輝，隨即蔓延至他的臂膀上。

沒有遲疑，也沒有猶豫，一刻身形暴起，剎那間在他手中成形的長針劈斬出石破天驚的巨大白痕。

同時還有兩道熾白光束就像護衛一樣，一左一右隨著白痕衝出。

「爲了誇獎你們可笑莽撞的勇氣，吾特地，準備了更好的場所哪。」

低柔似黑夜的話聲甫落，擁有水瀾外貌的那具身軀，霎時崩散成無數紛飛的腐爛花瓣。

另一抹纖細人影在同時勾勒出輪廓。

當這座空間的地面伴隨著黑水猝然瓦解，向下塌垮，人影也從虛幻凝爲全然的眞實。

衣飾似華美黑暗堆砌出來的紅眼少女握住平空乍現的紙傘，像由紅血潑灑上去的傘面宛如大花盛綻，輕而易舉地就將飛來的三道白光攔阻在外。

接著蓄滿力量的白光破碎成屑末，像一場細雪飄灑在迅速崩潰的昏暗空間之中。

怠墮將紅傘撐靠在肩上，那具不受重力影響的身子踩立在虛空中，居高臨下地俯視著那兩名向下墜落的神使。接著她微微一笑，輕盈地向後躍退。

後方的昏暗頓時像鏡片碎裂，大塊大塊碎片四濺，迎來了更多交錯湧動的色彩。

一座城市在一刻他們身下延展開來，然後他們聽見了最爲熟悉的——

「小白！」

「一刻！」

「曲九江！」

聲音。

第十八章

當柯維安他們終於破開紅色門扉後的空間，他們全然沒有預料到，隨著昏暗煙氣從眼前消散，最先撞入他們眼內的是令他們肝膽俱裂的可怖景象。

白髮男孩和紅髮青年失去立足之地，在他們底下是足以令人摔得粉身碎骨的駭人高度。

恐懼瞬間幾乎凍結了蘇染和楊百罌的心臟，她們身體本能有了動作。

「汝等是我兵武——」

不同的聲音，交疊出的是同樣炙烈的焦灼。

「汝等聽從我令——」

「別用裂光之鞭！我來！」另一道急促叫喊搶先蓋過了未盡的符術咒語。

不在乎自己的聲音尖利到發顫，柯維安毫不猶豫地衝跳出原本站立的暗色地面，高高舉起的巨大毛筆猛力揮下。

金墨似流水遊走，轉眼頭尾相銜，在柯維安、一刻和曲九江下方形成一個龐大的圓。

就在三具身子即將從金色圓環的中心穿過之際，耀眼的大片金光自圓環邊緣刷溢而出，瞬間往中心匯集完畢。

三道人影陸續重重摔跌在堅硬的光壁上。

見狀，又是三條人影不假思索地從高處縱躍而下。

同時，上方的暗色陸地消融成縷縷煙氣，不到片刻便徹底散逸於廣袤的灰暗天幕底下。

「好痛痛痛……」就算做好了心理準備，柯維安還是忍不住疼得哇哇叫。

當飛舞的金星在眼前轉了好幾圈，柯維安立即回過神來，忙不迭地跳起，急急尋找著一刻他們的身影。

「小白、曲九江！你們倆沒事吧？」眼見兩名室友就在前方不遠處，柯維安又驚又喜，忍痛想衝上前，給其中一個來記大擁抱——當然是白頭髮，在他心裡有如天使可愛的那個。

不過有人比柯維安的動作更快，兩條影子飛速從他左右掠過。

下一剎那，就見到蘇染、蘇冉猛力地抱住一刻不放。

曲九江撐起身子，看見楊百罌站在自己身側，神情冷淡。

「妳連速度都輸給人嗎？」曲九江瞥了被雙雙擁抱住的一刻一眼，意有所指地對自己胞姊說道。

「閉嘴。」卻沒想到楊百罌瞪他一眼，看似冷厲的眼神下，帶著一縷不自在的關切，「我只是過來確定你有沒有哪裡摔斷了，免得爺爺擔心……還有……做姊姊的，難道不能看看弟弟的情況嗎？」

假使這時給曲九江一面鏡子，他一定會難以置信地發現到，原來自己竟會流露出接近呆愣的表情。

雖然無從知曉臉上出現了會被自個兒評論爲「愚蠢」的神色，但曲九江可以清晰感受到，自己唇角肌肉明顯往上扯動。

但這稱得上溫馨的氣氛只維持短短片刻，眾人馬上憶起了那抹宛如由黑暗和惡意凝聚的存在。

「怠墮！妳這該死的……」一刻拉開青梅竹馬的雙臂，緊握白針的右手青筋迸露，肌肉因過度使勁而賁起，一雙眼就像猛獸般狠狠盯視前方。

手持紅傘的紅眼少女踩立在虛空中，底下像是有無形的物體將她穩穩托著。漆黑的裙襬如同華麗的夜之花將她環繞，肌膚被襯托得愈發雪白，輪廓依稀呈現不穩，青白色的髮絲在天幕裡猶如飄渺的煙氣垂散。

那是柯維安他們第二次見到重生的怠墮。

明明就是褪去了原本屬於蒼淚的駭人外貌，可那纖細少女的姿態，卻更加令人打從心底竄上毛骨悚然。

那是一個披著人皮的，怪物。

相較於柯維安、楊百罌再見到怠墮的怔然與防備，蘇染、蘇冉的藍眼裡卻是燃現冰冷至極的火焰。

沒有任何預警，外貌如出一轍的雙胞胎姊弟猛地朝前方投擲出了自己的武器。

烙著赤紅花紋的黑色長刀就像兩道飛馳流火，在高空劃出奪目的軌跡，轉瞬間直逼怠墮身前。

但怠墮只是看似隨意地一揮紅傘。

長刀頓時像受到強橫外力撞擊，不只大幅度失了準頭，還像被抽走力量，筆直地墜入看不見盡頭的下方。

接著怠墮豎起潔白食指，置於她的嘴唇前。

一刻等人只看見對方露出優雅卻泛著冷酷的微笑。

下一秒，停滯在空中的金色圓陣霎時失了平衡，猝然往下急墜。

可怕的失速感衝擊著全身，身子甚至因過快的下墜速度而微微浮升，聲音被緊緊絞縮在喉嚨裡。

柯維安清晰感覺到自己的臉頰肌肉被強勁氣流吹得起伏鼓動。他一手緊抓著金陣，另一手奮力地從自己背包拽拉出筆電，然後咬牙將敞開的筆電螢幕猛然向下拍撞。

瞬間，從螢幕貼附之處晃漾出大片金耀波紋。

波紋頓成漣漪，一口氣飛速擴展，將失去支撐的金色圓陣完全包覆住，同時也像刀刃般切斷了來自外界的無形操縱。

金色圓陣重新靜止不動，可急煞的力量差點將抓著筆電的柯維安甩了出去。

柯維安的尖叫還未來得及竄出，一隻手臂已猛力抓住他，阻止他向外滑脫。

柯維安煞白著娃娃臉，急促地呼吸著，還能聽見自己心臟激烈鼓動的聲音。

「柯維安，你沒事吧？」

一刻心焦的喊聲讓柯維安乍地回神，他抬頭望著將自己拉起的白髮男孩，嘴唇顫顫地開闔幾次。

「我……」

「柯維安？靠！是撞到哪裡了嗎？」

「不是……」柯維安費了一番力氣，終於將完整句子乾巴巴地擠出，「我、我回去後，絕對都不要再去……遊樂園玩自由落體了……」

像是沒想到會聽見這個答案，一刻愣了愣，隨後提起的一顆心總算放下。還有辦法說這種話，就表示柯維安那小子真的沒事。

「……我也不想再玩了，打死老子都不想再碰一次。」一刻咕噥。掃視過其他人一圈，確認大夥都平安無事，注意力再轉至柯維安的筆電，「柯維安，剛剛那是……」

「你的筆電，發光了？」楊百罌沒忘記前一瞬沖刷過身下的金艷光紋。

「其實它是三百六十五天全年無休在發光……呃，對不起，我不是故意要歪話題的。」柯維安撓撓臉，乾笑地說。然而當他將筆電翻轉過來，那張娃娃臉驚恐地扭曲了，「啊啊！我的寶貝心肝——」

這淒厲的慘叫嚇得眾人一跳，這才發現那台一直以來堅固得超乎想像的筆電螢幕上，赫然浮出一條長長裂縫，幾乎從頭延展至尾。

「裂……裂了？」一刻不禁震驚。那可是出自張亞紫之手的產品，以往就算拿來痛毆瘴異也不見絲毫損傷。

「果然……」柯維安語氣虛弱地說，「畢竟是用來與怠墮的力量對抗……以前碰上的那些瘴啊瘴異，和這種千年大妖根本沒得比……我也是第一次把我的心肝拿來救急，幸虧之前載的動畫和遊戲都有另外存到外接式硬碟了……而且有救到甜心你們才最重要啊，相信它可以含笑而死了。」

「……它還沒掛，好嗎？」一刻表情複雜地指出這點，都不知道該感動還是吐槽了。

「這次事情結束後，它絕對會掛的，我有這預感。」柯維安眼神憐愛地看著自己的筆電，接著將它往背包內一塞，猛地站起。

柯維安從方才的打擊迅速振作起來。

筆電很重要，但比不上自己朋友的安危。

「怠墮應該不會再……等等，怠墮呢!?」霍地發現空中不見那抹漆黑人影，柯維安瞪大眼，失聲大叫出來。

「消失了。」蘇染冷靜地說道：「從不再掉落後，就沒看見。」

「也沒聽見。」蘇冉沒間隙地接在蘇染後開口。

一刻毫不懷疑自己青梅竹馬的話，他沒有放鬆絲毫警戒，不認爲對方會因此而按兵不動。

那可是樂於觀看他人陷入絕望的怠墮，她不會簡單就收手的，她的消失只可能是爲了下一次讓人猝不及防的攻擊。

彷彿在呼應一刻內心的想法，突然間，包圍在他們四周的景色倏地變了。

從灰黑得像要壓迫人無法喘氣的天空，瞬時變爲高聳的大樓頂端。

這乍變的畫面，幾乎使一刻他們產生了金陣再次墜落的錯覺。可他們立刻意識到，身下的金色圓陣沒有一絲動靜，純粹只是周遭環境產生改變。

大樓頂端下一剎那又成了其他樓層稍矮的建築物。

隨著每一次的轉換，原先遙遠的地面景象便愈發放大縮近。

只不過幾個眨眼間，一刻他們就從高處的天空來到了城市之中。

但該是鮮明的色彩，卻像被一層灰暗覆蓋著，使得整座城市毫無生機、死氣沉沉。

柯維安、楊百罌、曲九江第一眼注意的是視野所及之處全無人煙，就像一座空城。

然而一刻、蘇染、蘇冉卻是被截然不同的發現攫住了注意力，驚異沖刷過他們的心頭。

熟悉的街道、熟悉的車站、熟悉的補習大樓……

隨著接下來連續幾次場景跳換，三名年輕人得以無比肯定，這是他們熟悉的城市。

潭雅市。

當最後一次畫面轉變，一刻等人連同金色圓陣停佇在一個像是校園的空間裡，不停流轉的景物也終於靜止了。

紅褐色的大型跑道，外表塗著白漆的司令台，還有隔在樹影後方的建築群……這些看似隨處可見的操場景色，就這樣在一刻他們眼前延展開來。

而上方卻是烏雲蔽日，連一束光線都穿透不過的灰暗天空壓迫下，看似普通的場景反倒流露出一絲詭譎。

「這是……學校？」楊百罌訝異地張大眼，不解怠墮爲何將他們移至這個場所。

這裡，難道有什麼特殊的意義嗎？

令楊百罌吃驚的是，她最先聽到的是曲九江的聲音。

「這地方……」曲九江眯起銀眸，覺得有幾分眼熟。

「難、難道說……」柯維安比曲九江還快一步反應過來，他震驚地東張西望，前陣子在潭雅市的記憶重新浮上，「是小白你們的……」

「……利英高中。」一刻聲音緊繃地擠出字，「當初怠墮被消滅的地方。」

「如何，還滿意嗎？吾特地爲你們準備的場所哪。」像是黑夜的柔滑嗓音突如其來地盪漾開來。

伴隨著聲音的出現，前方操場草地上空也驀然擴振出一圈圈漣漪，有如黑暗堆砌的華美人影從中浮出。

怠墮足踏虛空，撐持大開的紅色紙傘，血玉似的眼眸如新月彎起。

「只不過這次，死在此地的將會是你們。」

「是嗎？」開口的是蘇染。

藍眼睛的清麗女孩扯出冷然鋒利的微笑，旋即將已暗暗握於掌心的物體往下拍砸。

表面光滑的光球應聲碎裂，大股灰色煙氣猛地席捲而出。

就在怠墮饒富興致地打量灰氣時，飄渺煙氣飛也似蔓延過操場地面，並瞬時凝爲實體。

難以數計的尖銳石錐齊齊暴起，縱橫交錯地直沖天際。

凡是在其上的事物，皆會被不留情地捅刺、洞穿、高掛於尖刺之上。

那正是屬於特援部部長——灰幻的力量。

然而怠墮的身影卻在石錐逼近的前一瞬消逸無蹤，下一秒便輕巧浮立在石錐群錯落形成的空隙裡。

但還未等怠墮張啓唇瓣，她的身後霍地罩下了大片陰影。

原來石灰色的煙氣不單是凝聚出石錐，還在石錐拔高的頃刻，另成石灰色的結晶體。

大把灰色結晶如同活物般疾馳攀升，在高空繚繞出彎曲的弧度，一待怠墮避開第一波攻擊，立刻就像兩把巨大危險鐮刀，迅雷不及掩耳地衝著怠墮背後揮斬落下。

結晶之鐮撕裂空氣，發出尖利嘯聲。

這稱得上是毫無預警的第二記突襲，頓時劃開了空中的黑色人影。

只見怠墮肩頭到腰側硬生生裂出一道嚇人口子，彷彿接下來就能將那具纖細身子分成兩半。

可沒想到，那抹被斬出裂口的人影隨後化成一片煙霧朦朧，從實變虛，進而淡逸……

那竟然只不過是怠墮的虛影。

不管是石錐或結晶之鐮，到頭來皆雙雙攻擊落空。

「不錯的妖力，可惜，」雪白似透出微光的手臂倏地自虛空探出，怠墮身影從空中的黑暗內顯現，「就是太弱了點。」

指尖貼覆上其中一根石錐，登時像是有股無形力道彈震擴散，操場上所有石錐瞬間忽爬上密密麻麻的裂紋。

隨後就像是再也負荷不了，石錐宛如脆弱的瓷器，劈里啪啦裂個粉碎。

大小不一的石塊在下墜途中又瓦解成更細的粉末，頓似滿天沙粒傾覆灑下。

但就在這陣足以干擾視線的沙塵暴雨中，霍然竄射出多條人影，有若離弦之箭般各自衝向了其中的怠墮。

赤紋長刀就像飛速流火，最先逼近了怠墮。

接著是白針與熾烈的緋紅火焰。

再來是──

「汝等是我兵武，汝等聽從我令，疾雷！」

「一筆蓮華，華光綻！」

銀白閃電像高昂頭顱的大蛇，轉眼就要朝怠墮展開致命獠牙；金黃色光輝猶如拔起的大刀，一往直前地急遽縮短與怠墮之間的距離。

六名年輕神使和狩妖士等待的就是這個空隙，他們利用了灰幻的力量掩護自己身形，才能在怠墮未及時察覺下，一口氣欺近她身周，然後暴起攻擊。

面對來自多方圍擊，被封困在中央的紅眼少女卻是慢悠悠地嗤笑一聲，像是不將六人放在眼裡，更像在嘲弄六人的自不量力。

持握指間的紅傘突然揮劃出一道弧線，看似隨意動作，卻從傘尖迸發出驚人的力量。

霎時如潮水沖湧向一刻等人，凶暴又不留情地將一切攻擊排除在外，包括那些意圖靠近的身影。

「吾不是說了，太弱了。」怠墮居高臨下地望著一刻他們被重重彈撞開來，一個個狼狽不堪地摔墜在不同地方。她五指再做出一抹撥弄的手勢，操場上即刻湧冒出沼澤般的黏稠黑暗，一將遍布的灰色細沙吞沒，便又重新隱匿於地底下。

「如此地弱小，如此地卑微。這樣的你們，怎麼會生起與吾對抗之心？」

一刻咬牙，想擺脫衝上的暈眩感。任憑全身上下發出疼痛的訊息，他奮力撐起身子，想尋找同伴的蹤跡。可還未等他的視野從模糊回復清晰，一抹影子無預警闖入。

濃闃的黑暗在一刻眼前鋪天蓋地地展開。

「小白！」

「一刻！」

一刻覺得自己似乎聽見了驚駭的大叫聲從他處響起，但更強烈闖進他聽覺神經的，是另一道低柔的嗓音。

「告訴吾吧，宮一刻。」

染滲著不祥的猩紅眼眸跟著倒映入一刻瞬縮的瞳孔中，纖白的手指宛若溫柔撫摸地碰上他的臉，青白色髮絲像是重重煙氣般要將他包圍住。

「沒有織女，沒有當初的天雷之力，僅僅靠你們這些弱到令吾發笑的人類與半，究竟該如何與吾抗衡呢？」

「弱你去死啊！」一刻的回應是扯出獰笑，白針在他掌中聚形，猝然往前刺擊。只不過撞上的卻是一堵硬實的透明屏障，強勁的反彈力道讓一刻虎口發麻。

一綹青白色髮絲像活物般蠕動，捲住了一刻的手腕，猛地緊縮再緊縮，直到像是要將他的手骨扭斷，逼得他發出痛苦的斷氣聲，再也抓不牢白針後，才又鬆放開來。

「看看，你總是懂得逗樂吾呢，宮一刻。」怠墮悅耳的尾音剛一流瀉，那撫在一刻臉邊的手指竟是驟然下移，像鋼鐵般緊緊扣住他的頸項，輕而易舉將他一把提拎離地。

外表比白髮男孩還要嬌小纖弱的紅眼少女，綻放出甜美卻無比殘酷的笑靨。

「但是，吾不會因此就讓你立刻迎來死亡的。織女的孩子，吾會好好凌遲你，然後將你的頭顱送到織女和牛郎的面前，享受他們因絕望而扭曲的臉！」

話聲未落，怠墮緊扣著一刻頸項的手臂猛不防往旁一揮甩。從她五指鬆開，到一刻像布娃娃般被輕易扔出，飛撞上司令台外牆，只不過是剎那間的事。

但烙印在柯維安等人眼中，卻漫長得如同永恆。不僅灼痛他們欲裂的雙目，更令他們發出了撕心裂肺般的尖叫。

「小白！」

「一刻！」

伴同著司令台外牆崩塌一角，水泥塊砸覆在一刻的身上，滔天憤怒同時也在柯維安他們心中肆虐沖起。

無法原諒，絕對不可能原諒。

怠墮！

無聲的咆吼在五人內心炸開。

顧不得自己身上也是多處疼痛，五條人影踉蹌爬起，隨後發狠地衝掠向前方。

「汝等是我兵武，汝等聽從我令，飛鳶！」

眾多符紙瞬息成爲擁有尖利鳥喙的大量飛鳥，它們拍振翅膀，密集得有若撲來的雲群，速度快得則似從槍口噴發出來的子彈，全速衝進了怠墮的視野中。

「雕蟲小技。」怠墮不爲所動地望著足以把一般妖怪啄刺成篩子的鳥群，只是將紅傘收起，傘尖一拄地。

紅褐的跑道即刻升冒出縷縷黑氣，這些細如絲線的氣體就像延展的植物枝蔓彎曲蠕動，接著一口氣衝出，將每隻飛鳥洞穿過去。

受到嚴重毀損的飛鳥回復成一張張符紙，垂掛在黑氣上頭。

同時，也顯露出短時間內一直被遮阻於後的景象。

緋紅的熾火破空而來，像多支長槍疾射。

「開、破、斷！」柯維安的毛筆在地面拖沓出凌亂交錯的筆畫。在他霍然縮短和怠墮的距離之際，最後一筆也大力拉畫出一道鋒利奪目的金色痕跡，「重裂──」

金光拔地沖起，像飛舞的大刀一路掃射向怠墮所在之地。

與此同時，兩抹快若鬼魅的人影追在金光左右，揚起的長刀是灰暗天空下乍現的熾烈火焰，快狠準地朝鎖定目標凌厲劈下。

兩雙冷冽似冰的藍眸裡，倒映入的是那抹像黑暗堆疊的影子。

怠墮仰起頭，嘴角沁著飽含毒素的笑意。她將紅傘輕輕執起，接著往下一劃，無形重力霍地加諸在蘇染和蘇冉身上，有若千斤重，登時將他們身子往下使勁一拽，在地面砸出沉悶音響。

包括錯縱飛來的炎槍和金光，也被一根根、一片片地折裂。但仍有最後一片金光逃過了重力抹殺，筆直刺射向怠墮臉面。

卻在下一刹那，被鮮紅傘面擋住。

金光只在傘上停留一瞬，就被猛烈彈飛。

怠墮挪開了她撐起的傘，眼角餘光被其中一處異樣拉住。她若有所思地盯視著被割劃出極小裂縫的傘緣，隨後一項認知在電光石火間撞進了她的腦海裡。

只有四個人衝來攻擊，還少了一個人。

那名狩妖士！

怠墮目光立即移開。

那抹受到四人掩護並避開怠墮注意力的人影，頓時無所遁形地納入血紅色眼瞳中。

楊百罌衝奔的方向正是司令台。

不知道自己被怠墮的視線盯上，也不知道怠墮拉開了冰冷惡意的笑容，楊百罌全身上下只有一個念頭在叫囂。

要快點、快點把小白救出來！

就算小白是神使，是半神，也不可能在這樣的情況下不受傷害。

也正因爲如此，柯維安、曲九江、蘇染、蘇冉才會利用自身來轉移怠墮對其他地方的關注，爲的就是讓能運用靈力治療傷勢的楊百罌，可以在最短時間內趕到一刻身旁。

可是當柯維安他們見到怠墮轉過了頭，露出不祥似新月的微笑，他們心裡的警鐘不禁瘋狂大響。

被怠墮發現了！

「想救宮一刻嗎？但吾有允許嗎？」怠墮的笑意滲入漫天血腥，未持傘的那隻手朝著楊百罌的方向一抹。

霎時，離楊百罌最近的一棵高大樹木倏然被黏稠黑暗包覆住。

黑暗似爛泥般淌下，同時樹木的形體也在發生變化。

僅僅一眨眼，就像被看不見的大手捏塑爲一隻龐大駭人的漆黑大蛇。

黑蛇頭部亮起了兩簇猩紅色亮光，像是兩盞紅燈籠，更像是兩隻不懷好意的惡毒眼睛。

紅眼一顯露，黑蛇立刻張開血盆大口。

「班代，小心！」柯維安焦急大叫，同時用上全力，將先前從蘇染她們那拿來的金色光球往楊百罌方向一砸。

就在楊百罌反射性甩開符扇，試圖對抗那簡單就能將自己一口吞下的猙獰大口時，千鈞一髮之際，金黃燦爛的焰火竄入了她與黑蛇之間。

不待楊百罌意識過來眼下的情況，金焰氣勢洶洶地撲上了黑蛇，將那具黝黑的身軀吞得一點也不剩。

衝出的金焰轉眼又飛旋回來，在楊百罌身側燃聚成一龐然大物。

呈三角狀的尖長耳朵，有著鋒利勾爪的四肢，還有那長長伸展開的一條華麗尾巴……由熊熊烈火塑形出來的，赫然是一隻金焰妖狐！

楊百罌眼中的震驚只是一瞬，她馬上再往司令台拔腿狂奔。

反倒怠墮破天荒露出一抹訝笑，「這可是比先前更不錯的妖力了。雖然在吾看來……」

紅眼少女的笑容中迅速堆起狂氣和殘忍。

「依然如此弱小。只不過是從六尾妖狐分出的部分妖力，該如何與存在千年的吾相比呢？但是，看在你們令吾回想起有趣過往的份上，吾就好好地再陪你們玩玩哪。」

這一次，換鄰近柯維安他們最近的樹木被平空出現的黑暗覆蓋。

眼看黑暗有如爛泥飛濺起來，要將他們一舉淹沒，已經支爬起身子的柯維安等人不敢遲疑，拖著負傷作疼的身子就往同一個方位衝。

怠墮的咯笑連綿不停，像是由惡意譜出的一曲樂章。

融爲污泥的黑暗奔騰衝撞，像是暴起的浪，高高昂起的浪頭似乎下一刻就能將底下逃竄不休的人影吞沒殆盡。

「快快快！快跑！」柯維安的聲音被焦灼拔得尖利，尾音甚至還顫抖分岔，「只要衝到小白那，我就可以……嚇啊！咿！」

柯維安先是因爲腳下一絆，就要往前撲跌而發出慘叫；緊接著又因爲被人猛地一把拽扯住，像受到驚嚇地發出吸氣聲。

「吞下你的廢話，室友Ｂ。」及時扯住人的曲九江頭也不回地扔下陰冷的話聲，等同變相地警告只要柯維安敢再開口，他就二話不說把人丟下。

柯維安緊閉著嘴巴，顧不得自己的一隻手臂其實被曲九江抓得生痛，他極力在被拽著跑的途中控制好筆尖的落筆處，終於在毛筆上的金墨用盡、還原成白毫的剎那——

柯維安用力將筆尖一摁，完成了勾勒出潦草「牆」字的最後一筆。

熾烈金光瞬如巍峨高牆，搶在黑泥衝撞來的前一秒，「唰」地拔升起，將趕至司令台的柯維安等人，以及楊百罌和一刻，都納入了固若金湯的保護之下。

黑泥一頭撞上光之牆，潰散成不規則形狀，繼而像黑色河水靜靜流淌在草地之上。

柯維安已無暇顧及金牆後的勢態，他呼吸粗重得像老舊的風箱。隨著曲九江一收手，他也直接躺平在地上了，整個人像是從水裡打撈出來一樣，被大量汗水浸透。

「哈啊……哈……」柯維安感到背部被包包內的筆電磕得難受，他咬牙再一翻身，改變了姿勢，也讓自己的雙眼可以瞧見一刻的狀況。

白髮男孩身上的石塊已被金狐尾巴掃開，身上布滿多道擦傷。但最令人怵目驚心的，莫過於從他髮絲下汩汩淌下的鮮血。

即使楊百罌已拚命消耗自身靈力，為那些大小不一的傷口止血，可那名艱困斷著氣、正奮力想將渙散意識拉回的男孩，依舊臉色蒼白得嚇人。

蘇染、蘇冉的臉色也慘白如紙，彷彿備受痛楚煎熬的是他們兩人。

不，他們寧願那些傷落在自己身上，也好過見到重要之人在眼前受苦。

「小白……」柯維安深呼吸，使勁撐起半身，眼眶無法控制地微紅一圈。

「……馬的，老子又還沒掛！」一刻咬牙，將最後幾縷試圖遠去的意識拉了回來，映入眼中的一切總算不再朦朧或出現疊影，「夠了，楊百罌，不要再浪費妳的靈力……只不過是這點傷……」

「這點傷就已足夠讓你從直的變橫的了，小白。」曲九江冷不防插口，刻薄冷淡的語調令楊百罌怒目一視，也讓一刻火大地衝曲九江豎起中指。

「操你的……少在那詛咒我。」

「不想我詛咒成眞的話，現在，」曲九江屈膝蹲下，猝然抓住了一刻的手，「把你的力量收回去。」

什——一刻瞪大眼，不禁一震。

包括其他人也是吃驚地看向曲九江。

「曲九江，你在說什麼？」楊百罌瞪著自己的胞弟，一時反應不過來。

蘇染、蘇冉眼中的驚詫則在瞬間轉爲恍然大悟。

但最快喊出的是柯維安，「我怎麼忘了還有這辦法……還有這辦法！神可以暫時收回神使的力量，以補充自身不足，就像師父之前在字鬼事件裡，曾從我身上收走神力一樣！」

只要分予出去的神力回歸至體內，小白就能加快傷勢的癒合。

「但那可是靠杯痛！曲九江，你沒體會過，而且老子可從來沒有回收過神力的經……」

一刻咬牙擠出的話語未完，就被曲九江不耐煩地打斷。

「你覺得你的神使那麼沒用？你在看不起我還是你自己？小白，是男人就不要婆婆媽媽了。難道你這時候才要告訴我，我的神原來是個下面沒帶把的？」

「把你老木啊！你他媽的才沒帶把！你全家才都沒帶把！」

理智瞬斷的勃然怒吼伴隨著竄出的手臂襲向了曲九江。

曲九江看見一刻的五指像是碰觸到水面漣漪，毫無窒礙地沒入了自己的胸口底下。

然後曲九江瞳孔乍縮，前所未有的劇痛霎時爆發開。他沒辦法具體描述出那是怎樣的感受，唯一可以確定的是，小白的確沒騙他……那實在是靠杯地痛！

一刻腦袋被曲九江激得一熱，才反射性揮出了手。可就在他指尖觸及對方身體，接下來的一切就像自然而然地發生。

一團炫白光輝從曲九江胸口被抽出，旋即沒入一刻體內。

一刻感覺到有一股溫暖的力量在橫衝直撞，不但抹平了身上傳來的不適，還能感受到奇異的熱流似流水一路擴散，自左手無名指直覆至他的臉頰。

一刻看不見自身的變化，但柯維安他們看得清清楚楚，驚喜在他們眼中綻放開來。

棲佇在白髮男孩臂上的橘色神紋，就像獲得大量養分灌溉的植物枝蔓，恣意舒展身姿，轉眼就擴至男孩的左頰上。

那正是屬於一刻的半神力量。

「聽好了，小白，那只是我暫時借給你的。」縱使面色蒼白，冷汗涔涔，曲九江還是不改一貫的傲慢。

一刻就像是想厲瞪那名半妖青年一眼，可嘴角扯開了壓抑不住的凶暴笑容。

猶如受到那抹笑容中戰意的感染，楊百罌、蘇染、蘇冉的臉上也閃過光芒。就連柯維安的大眼睛也升起驚人的光輝，好似暫時忘卻了自己耗去泰半的體力。

「甜心，其實之後你把神力分我也沒關係的，人家很樂意當你的……呃。」柯維安發出短促的噎聲，心驚膽跳地盯著橫在自己脖子前的長刀。

事實上，那不是眞正的兵器，而是由緋紅烈火凝結出來的，刀柄則是穩穩地持握在曲九江的掌心裡。

直到這時，柯維安才注意到回復純粹妖力的曲九江，似乎與往常有那麼一絲不同。他的眼瞳如冷澈的銀色星子，髮絲似狂狷火焰，然而在他的髮梢位置是眞的燃成躍動的赤火。

那是力量裡不再摻雜神力，經過「覺醒」的鳴火。

柯維安是很開心他們己方的戰力再次提升，不過那刀能不要對著他就更好了啊……他的頭髮有幾縷要燒焦了！

柯維安苦著臉，舉手做投降狀。可就在下一秒，那張娃娃臉狠狠皺起，有若被迫吞嚥下味道糟糕透頂又苦澀到極點的東西。

不只柯維安，一刻等人的神情也變了。

蹲守在他們附近的金狐亦像感應到什麼，「蹭」地站起。

聲音。

那是一道像是銳物刮搔黑板或玻璃、刺耳得令人想下意識摀耳的聲音。

接著，在司令台的眾人全都目睹到那座保護了他們的金牆另一面，流淌在地面的黑暗突地像黑雲捲起，成爲大股黑暗煙氣。

隨著那些煙快速從底端向前，還能窺視到有抹人影步履優雅地走在後方。宛如拖沓著長長黑夜的影子，手持紅傘，傘尖就這樣沿著光壁割劃，一邊使得壁面綻裂出粗大黑縫，一邊發出了那種高尖的噪聲。

等到黑縫侵佔至最末端，如同高牆聳立的金色障壁就在這剎那間盡數碎裂。

大大小小的光之碎片紛灑落下，也暴露出被黑暗煙氣簇擁的紅眼少女。

青白色的髮絲彷彿要和黑煙交纏一起，透出虛幻之感的怠墮對著目露凌厲和殺氣的一刻等人，揚起了不含溫度的美麗微笑。

那一瞬，難以言喻的毛骨悚然衝竄上眾人背脊。

第十九章

「吾來實現吾的承諾了。」

怠墮啓唇，悅耳如歌的嗓音流瀉出來。

「吾答應你們，會再多陪你們玩、玩、哪。」

最末一字的音節恰似珠玉墜下，敲擊出清脆的聲響。

說時遲、那時快，怠墮身周的暗色煙氣急速旋轉，一晃眼竟是像受到無形大手捏塑，在眾人驚愕大睜的眼眸內，映出了凶猛猙獰的形影。

尖長的獸耳、窄長的獸吻、露出銳利爪子的粗壯四肢，還有那一揚起便恍如得以遮天蔽日的長長尾巴……佇立在怠墮身側的，竟是一隻和金狐有若鏡像存在的漆黑妖狐。

當兩簇像是眼睛的血紅光芒亮起，全身像由湧動不休的黑暗凝成的妖獸霍地張嘴發出嘯吼，足踩黑氣，朝著一刻他們的方向撲衝過去。

金焰形成的妖狐立即一個箭步上前，和體型與自己不相上下的妖獸嘶咬成一團。

一刻他們毫不猶豫地躍下被狐尾猛地掃來的司令台，水泥造物崩塌的音響登時自後方轟隆響起。

六條人影幾乎足尖一點地，便又同時朝怠墮疾奔。

然而縱使他們速度快若離弦之箭，卻還是阻止不了怠墮驀然消失在他們眼內。

那甚至只在眨眼之間，像是不祥黑暗堆砌出來的人影又猛地回到一刻他們視野中，然而卻是近在面前。

一、二、三、四、五、六，六道一模一樣的漆黑影子齊齊露出只見惡意的笑弧。

銀鈴似的笑語此起彼落地交疊。

「收回神力又如何？你還是一個半。宮一刻，織女幾乎敗於吾之手了，你眞認爲你能力挽狂瀾？」

「讓符廊香念念不忘的半鬼，你的氣力差不多用盡，吾豈會看不出你已是強弩之末？」

「當種族優勢派不上用場，你的火焰弱小得令人發笑。就算排除了神力，半妖的血統依舊骯髒得令吾感到作嘔呢。」

「呵，你們這次不許願，著實讓吾感到遺憾萬分，吾還是比較喜歡你們當時扭曲的臉哪。」

「最派不上用場的狩妖士，和這些神使在一起，當眞不會令妳嫉妒到發狂嗎？」

每個怠墮吐出的句子，都是淬滿毒液的箭矢。只要稍有動搖，便會被不留情地刺入心中的空隙。

但楊百罌只覺內心平靜無比。

在認識一刻他們前，這些會讓她苦澀不甘的話語，如今就連最微弱的氣流也不是，再也無法在她心湖上激起漣漪。

所以作爲回應，這名容姿艷麗的褐髮女孩露出笑容，像是被打磨得鋼硬的利刃，就連右眼下的一點淚痣也染上了戰意的輝芒。

笑容綻放，準備好的字句第一時間滑出舌尖。

「汝等是我兵武，汝等聽從我令——」

「疾雷！」

「飛鳶！」

「裂光之鞭！」

同一時間，不同咒術出自不同人之口，迅捷俐落地一致朝面前的怠墮發動攻擊。

像鮮血潑灑的眼眸霎時大睜。

不讓楊百罌、蘇染、蘇冉專美於前，一刻與曲九江速度也不慢。

白針和火焰雙刀疾如雷地拔出、斬下。

柯維安沒有揮出毛筆，金墨全失的筆尖無法對怠墮造成傷害。取而代之的是他甩出背包，讓裡頭的筆電撞向怠墮。

六抹黑夜似的影子就像水花碎濺，使得一刻等人的攻擊紛紛落空，旋即再由多合爲一。

由黑暗與青白交織的影子既像眞實又像虛幻，輕柔的嗓音環於四面八方。

「吾是瘴，吾是怠墮，亦是唯一，你們終究無法撼動吾分毫的。在你們眞正碰觸到吾一根手指前，就會力量耗竭。更不用說與吾的人偶對抗途中，你們就已耗去如此多的力量。即使有六尾妖狐的幫助，你們到頭來仍無力可回天。」

就像印證怠墮所說，金焰妖狐雖已快將黑暗妖獸撕咬得支離破碎，可它自身的體積在不知不覺中比原先來得更小，就連尾巴部分的金黃火焰竟漸漸被赤紅覆蓋。

過不了多久，金狐便會成爲實力銳減的紅狐。

全然被消滅，也不過是遲早的事罷了。

但眾人沒有因而動搖。

柯維安還不客氣地咧嘴一笑，「不如我也將這話還給妳。妳說我們耗去力量，可妳同樣也在人偶及幻境上動用了妳的力量啊！恐怕妳自己都沒注意到，就算再怎麼細微，小白還是突破了妳的防禦，在妳的衣上留下一道裂縫。再加上紅傘被割裂出的缺口，這表示了什麼？這表示——」

「妳並不是眞的無堅不摧！」

柯維安猛地將毛筆重重戳刺向自己筆電，硬生生將那來自張亞紫餽贈的物品分成兩半。

「柯維安!?」即使是一刻也忍不住大驚。

可意想不到的事隨即展現在一刻他們面前。

遭到破壞的筆電竟融為一灘濃稠金墨，柯維安二話不說將筆尖往墨裡一摁，緊接著間不容緩掃出。

「一筆蓮華，華光綻！」

凌亂的篆體字成形，乍起的輝煌金光迅雷不及掩耳地前衝。

可惜的是，這措手不及的一擊終究被怠墮腳下暴起的驚人黑暗一舉瓦解。

一刻眼疾手快地抓過身形隨後變得踉蹌的柯維安，厲吼砸下，「後退！」

源源不絕奔湧的黑暗簡直像猛烈浪潮，一旦動作稍有停滯，就會被凶猛地吞吃進去。

一刻等人不敢硬碰硬地快速連退，可他們很快震驚地發現，黑暗朝周遭擴散，繞過筆電融成的金墨，將操場覆為漆黑湖面的同時間，這座由怠墮創建出來的空間也在拓寬領域。

校園猛地漲大了無數倍。

怠墮和一刻他們間的距離頓如遙不可及。

闃黑湖面晃蕩大範圍漣漪，將倒映在上頭的天幕撕扯得破碎扭曲。

下一瞬，黑暗上不見任何倒影，反倒從裡中生冒出一簇簇血色微光。有的四散，有的密集，有的連綿匯聚像一條劃分漆黑的長河。

倘若不是碎光的色澤如血，簡直像是黑夜中繁星遍布，星光點點。

一刻等人踩立上的崩散水泥塊，則像是淹於濃闃黑暗中的荒涼孤島。

將黑色妖獸徹底撕成碎片的焰狐靈巧地踏上司令台的殘骸。雖說體型縮水，金耀的色澤盡被赤紅取代，可它的一條狐尾仍像保護般圈圍在一刻他們前方。

即使相隔如此遙遠，六名年輕人還是可以無比清晰地聽見怠墮的嗓音。

那名披裹華美黑暗的紅眼少女說：

「既然如此，就讓吾見識。假使你們可以碰到吾一根手指，那吾就將爲你們——送上痛快的死亡。」

「那種禮物不如妳就自己留著用吧，怠墮！」一刻扯出了粗暴凶狠的獰笑，他的吼聲如同是宣告戰爭再起的號角，強勁地貫穿天際。

佇立於水泥孤島上的六人一獸頓似出膛的子彈，一往直前地朝目標所立之處全速奔衝。

然而就在他們踏上彷彿變異星空的地面，平靜的黑暗霍然再起波濤，刹那間凝匯出一抹人形。

紅艷似火的髮絲，英氣得令人錯認性別的臉孔，身穿雙排釦軍裝大衣。

和一刻等人記憶中的「瓏月」擁有相同外貌的少女露出拘謹有禮的微笑，可那雙似鮮血滲染的紅瞳卻迸發強烈殺氣，握在手中的青石棍毫不猶豫地狠狠朝著一刻他們揮掃出去。

卻被及時橫出的巨大毛筆猛地格擋下來。

「小白，這個『瓏月』交給我！」柯維安臉色白如紙，豆大汗珠布滿前額，緊抓筆桿不放的手指還有些微微發顫，但那雙大眼睛裡的光芒灼亮無比，就連疲累和疼痛也不能將之熄滅，「你們快去，快去啊！」

遲疑只是一瞬，隨即就被果決取代。

一刻粗暴地點下頭，不由分說地和蘇染他們繼續前奔。

黑暗波濤不止，它們不停搖晃濺起，再在一晃眼間凝成新的人形。

烏黑似綢緞的長髮盤成了一個優雅的髻，細長的鳳眼流轉的是純粹猩紅的不祥光芒。妖嬈有致的身段被白色旗袍服貼地裹住，雪白的面孔浮出嫵媚又滿是狠毒的笑容。

對於蘇染他們而言，這個由黑暗平空成形的女子陌生異常；可對一刻來說，卻難以輕易忘懷。

那是被扭曲母愛支配的——

「阮鳳娘！」

在一刻大吼出人偶之名的同時，阮鳳娘優雅伸展的三條狐尾驟如巨型鐮刀，猛力劈砍下來。

「——圍守之界！」

搶先拔起的堅固光壁阻斷了阮鳳娘的狐尾進逼。

「小白，你們走！」楊百罌凜著艷容，多張符紙在她手中展成鋒芒逼人的符扇。

但縱然瓏月和阮鳳娘被柯維安、楊百罌分別擋下，黑暗的湧動宛如毫無歇止的一刻。新的人形接二連三地再現，高濺起的漆黑像是水花四濺，復而縮窄成一束。

臂成雙翼，上身是人、下身鼓大如蜘蛛下肢的白曉湘，以及身披紅衣似新嫁娘，稚氣姣好的半邊臉上卻開綻腐爛山茶的宿鳥。

沒有躊躇、沒有猶豫，蘇染和蘇冉立時持刀掠出，氣勢凜冽懾人地迎戰上怠墮的另兩個人偶。

當白曉湘雙眼猝地被黑線縫起，胸前迸裂出兩道流淌猩紅的裂口；當宿鳥仰頭尖嘯，無數的樹枝盤結交錯，有若枯枝怪物，兩把烙著赤紋的長刀也頓如熾烈火焰，凶猛地撕開前方空氣。

隨著前行人數逐一減少，一刻和怠墮的距離也越來越近、越縮越近。

眼見又一抹新人形即將成形，一刻目光狠戾，速度矯捷像出柙的野獸。他一個大力躍起，越過隆高的黑暗，還來不及凝聚出完整形體的黑暗就這麼撞進了焰狐的利齒中。

一刻步伐沒有絲毫停滯，他將後方交給了最值得信賴的同伴，作為回報，他在急遽逼近怠墮的剎那間，使出全力地揮砸出了拳頭——

衝撞上乍然大張的紅色紙傘。

一刻眼睛凶猛似獸，裡頭沒有任何退卻，唯有無止盡的戰意像是不滅的火炬，攀繞半身的橘色神紋在他臉上顯得格外猙獰。

首先是「啪滋」的聲音，再來是接連的聲響。

在這場戰役中，堅固得宛如難以摧毀的紅傘，在一刻雷霆一擊的拳頭下，赫然開始迸現出一道道裂痕。

接著傘骨斷開，最後四分五裂地在地面成爲零散的殘骸。

再也沒有什麼東西阻隔在一刻與怠墮之間了。

猶如黑暗和惡意堆砌出的紅眼少女第一次露出了震驚之色，那雙下意識大睁的血色之瞳內，倒映出悍然轟來的拳頭。

那些分布在操場上的人偶就像受到驚嚇般崩解爲黑暗。

如果不是冷不防暴起的青白色髮絲狠狠扯縛住一刻的身體，那一擊只怕會眞的爲怠墮帶來傷害。

還無法反應過來發生了什麼事，一刻便感到自己被重摔在黝黑的地面上，暈眩和衝擊一併尖銳地撞進腦子裡，劇痛險險令他岔了氣。

不待一刻視野回復清明，他的咽喉上霍然傳來一股壓迫力，就像有隻看不見的手緊緊掐住他的脖子。

半是矇矓的視界中，一刻瞧見了怠墮精緻雪白的面容上，眞眞切切地留下了一道血痕。

鮮紅液體滲溢下來。

「哈……」一刻發出像是嗆咳的笑聲，無視壓縮的疼痛，他扯開嘴角，「妳還眞沒注意到嗎？少了一人哪！」

什——驚愕在怠墮的紅眸裡閃現，目光立刻飛快一掃。

就在剛剛——

柯維安對上瓏月。

楊百罌對上阮鳳娘。

蘇染、蘇冉分別對上白曉湘與宿鳥。

少了一人，少了曲九江……

少了那個半妖！

一道陰影同時自後罩上怠墮，促使後者幾乎反射性回頭。撞入那雙血紅之瞳內的，是張牙舞爪撲來的赤焰火狐，還有——

從火焰裡猛然現出身影的曲九江！

原來曲九江利用火狐來藏匿自己的行蹤，在自身火焰的環繞下，足以保護他不被狐火所傷。

紅髮的半妖青年猶如無聲的鬼魅，髮絲似火焰燃燒，冰寒的銀眸倒映入了怠墮的形影，由鳴火之炎聚成的兩把長刀狠絕揮下。

這一次，怠墮的黑衣上裂開了又長又深的痕跡。

可是，也僅僅止於衣飾。

「吾不是說了嗎？鳴火的火焰，對吾來說只會是徒勞無功。」怠墮拉開的笑意裡就像泛起血腥巨浪。

不祥的念頭剛閃過一刻內心，還來不及脫口化成警告，紅眼少女似黑夜垂曳至腳邊的裙襬瞬息之間就已如暗寂的火焰沖湧，又似擁有最致命毒牙的黑蛇，殘酷無情地洞穿了曲九江的四肢身軀……

「曲九江！」

「不要——」

駭然的嘶吼和接近慟哭的悲鳴，迴盪在不見天日的灰幕之下。

被高高吊掛於空中的曲九江，在下一瞬被沒入體內的黑刺猝然往另一端甩擲。

平坦的地面隆起一片漆黑高牆，登時使得那具只能受人擺布的身體被狠狠釘在牆面上。

扎眼的鮮紅液體就像從旋開的水龍頭內，汩汩地自那些被黑刺貫穿的部位流淌下來。

曲九江腳下很快積成小小的猩紅色水窪。

「嘻。」怠墮如天真少女般溢出咯笑。她足尖一點地，身影即刻逼近曲九江面前。

比起在意掙扎著從地面爬起的一刻，比起在意踉蹌奔來的楊百罌等人，她似乎發現了一件更有趣的事。

「小半妖。」怠墮前傾身子，近得幾乎貼上曲九江的臉，紅潤的嘴唇如同毒花妖嬈盛綻，「如果吾挖出你的心臟，你說，宮一刻他們是否會因絕望憤怒，受到吾可愛瘴異的入侵呢？吾啊，眞的很想見識看看呢。」

「那麼，我也想見識看看妳扭曲的臉啊。」曲九江聲音很輕，可絕不是瀕死的脆弱。那絕對不是一個被刺穿心口的人該有的說話力度。

等到怠墮猛地驚覺到有異時，一股陌生至極的痛楚同時猛地從她身上撕扯開來。

怠墮瞳孔收縮，她慢慢低頭看向自己胸前。

曲九江鮮血淋漓的一隻手臂前端隱沒在內。

怠墮再慢慢看向曲九江的心口位置。

直到這時候，她才發覺自己的黑刺沒有完全扎入底下——有一層由無數紅線編織成的柔軟布料，橫阻在黑刺與曲九江間。

那些不知何時出現的紅線，分擔了大半攻擊力道，使得黑刺尖端只有些許刺進。雖然冒滲出一片血漬，但斷然不會傷重致死。

目睹這一幕的一刻狂喜和勃然大怒同時衝撞上他的心頭。至此，他終於了解曲九江爲何會二話不說地拿走代表紅綃的紅色光球。

那傢伙爲的就是這個。

爲的就是以身犯險，誘使怠墮主動上前！

「要讓妳靠過來，還眞的是麻煩死了。」曲九江說，「從外邊不可能輕易傷到情絲的『部分』……那從裡邊呢？」

覆滿血污的手臂霎時繚繞出緋紅火焰。

「墨滴至水裡，的確會被沖刷得不見蹤影，不過不代表它就因此不在。」

曲九江眉眼躍上猙獰，手臂上的烈焰也霍地壯大。

不對，那並非自他皮膚下燃現的火焰，而是由他的鮮血轉化出的鳴火之炎。

就像面具裂開，完美和優雅初次從怠墮臉上剝離。她能感覺到曲九江滲至她體內的血液盡數化成烈火，在她的四肢百骸內衝撞燃燒。

不曾感受過的可怖灼燙肆虐席捲。

確實正如怠墮所言，情絲的「部分」只是微不足道，就好比墨滴至湖水裡，轉眼被沖淡稀釋，再也不復原來的形體。

可是，同時也表示著那些微小得看不見的粒子，無所不在。

徹徹底底融入了怠墮這具軀殼裡。

「啊……」怠墮踉蹌地向後退，曲九江的指爪滑出了她的血肉，卻驅除不了那些在她血管中奔流的火焰。

情絲成了怠墮的「部分」，到頭來也成爲了怠墮的最大弱點。

鋪滿地面的變異星空似潮水盡退，「唰」地回歸至怠墮腳下。

「啊啊啊啊啊——停止！」紅眼少女尖嘯出聲，雪白的肌膚下赫見條條血管賁起，色澤竟是有如烙鐵般的紅，彷彿隨時會有烈焰掙鑽而出，「吾說——停止啊——」

暴衝的黑闇裙襬像是要竄上天際的暗火，重重疊疊地包覆住當中的纖細人影。

黑刺抽離曲九江的身子，登時讓他重重滑墜至地。不待他甩開擴散眼前的昏暗，一雙手臂已大力拽住他的衣領。

那粗魯的勁道讓曲九江以爲是一刻，可隨著一人的身影映入他眼內，他錯愕地發現到，自己看見的居然是一張盛怒至極的艷容，還有一雙泛紅的眼睛。

是楊百罌。

年輕的楊家家主狠狠地瞪著曲九江，一隻手猝然揚起，卻又在曲九江以爲一記耳光會落至臉頰上時，猛然撲上前，雙臂緊緊環住他。

「白痴……你到底在想什麼？你是白痴嗎？」楊百罌抱住自己渾身是血的弟弟，嚴厲地斥罵著，但依然難掩裡頭的顫音。

曲九江就像呆住，接著小心翼翼地舉起手，彷彿怕弄碎珍貴物品般輕輕回抱自家姊姊。

「如果我是你姊，早就一拳過去了。」一刻鐵青著臉，惡狠狠地說，不會忘記那瞬間肝膽俱裂般的可怕感受。

他再也不想失去任何一位同伴了……

曲九江抬頭，像是想道歉，又或者是想說「你可以當我姊夫」，不過最後他哪一個都沒說出口。

柯維安乾啞的聲音插了進來，「小白，情況看起來好像有點不太妙……」

聞言，就連楊百罌也立刻放開曲九江。

五雙眼睛齊齊望向柯維安口中說的「不太妙」。

事實上，那已經不只是不太妙了。

將怠墮圍在中心，重重飛舞的黑色裙襬宛如盛不住由裡頭湧出的黑暗，開始極力往外擴張。

更多黑暗流淌而出。

接著兩者交融，竟再也分不出彼此。

而棲於中心的紅眼少女也在發生異變。她的身體邊緣潰散出越來越多煙氣，和黑暗一同像水花旋綻出一個驚人的勢力範圍。

就在這一刹那，怠墮的身體終於全部崩潰。

大股煙氣直沖高空，轉眼又凝成一抹巨大駭人的形影。

「靠靠靠！根本是超級不妙的啊——」柯維安慘白了臉，憋不住的尖叫衝出喉嚨。

但在場所有人，誰也不會認爲他的反應太過激動。

如果不是柯維安先喊了出來，就換一刻要破口大罵飆出髒話了。

纖細的少女身影徹底不復存在，煙氣凝聚出來的，是一刻等人曾目睹的夢魘般景象。

桃紅色鱗片覆蓋在盤疊起來的蛇尾上，底邊還有一圈暗青環列。有若山嵐的青白色髮絲在天空底下飄晃，臉孔和皮膚邊緣都似煙氣凝成……

只不過一刻他們記憶中的幽藍眸子不再，鑲嵌在上的是一雙翻滾著滔天血浪的猩紅眼睛。

人身蛇尾，體積龐大如小山，那赫然是……赫然是顯露出蒼淚原身的怠墮！

雖說上半身身軀繚繞煙氣，可仍能窺得像烙鐵般的灼紅絲絲縷縷地在間隙中遊走穿梭，猛一乍看，有若血管分布。

然而一刻他們知道，那不是血管，那是怠墮怎樣也排除不了的鳴火之炎。

就像承受不住莫大的痛苦，恢復真身大小的怠墮依舊止不住那迸出的尖嘯。

音浪如同凶猛波濤，陣陣朝各方擊打，也幾乎使底下的一刻等人險些穩不住身勢。

感覺到尖銳的疼痛不停在腦內炸開，一刻咬牙忍住咒罵。他知道眼下就是個最好的時機，他們必須趁怠墮遭受鳴火之炎的折磨時，趁機給她致命一擊。

如果等到她利用原身展開攻擊，如果等到她捱過了痛苦……如果這一切都錯過了……

別開玩笑，他媽的誰會白白錯過啊！

凶戾的猙獰在一刻眼中躍現，他扭頭衝著柯維安大吼，「柯維安，拜託你們拖住怠墮五分鐘！」

「什……小白你要……該死的！」

柯維安驚恐吼叫，一刻猛不防奔出的身影，以及那簡直像巨大鋼索驀然掃盪而來的桃紅蛇尾——

這些，都在轉瞬之間發生。

利用蛇尾和地面間的空隙，一刻一記俐落的滑剷，旋即再飛也似地前衝。

但那道相對怠墮而言如此渺小的人影在她眼中看來，刺眼得根本無法容忍。

「不要以爲這樣就能讓吾……」怠墮雙手覆著臉，猩紅瞳眸自指縫間露出，亦能見到那從身軀竄延到臉部的縷縷灼紅，「宮一刻！」

狂哮衝溢出喉頭，體積驚人、速度卻又奇快的蛇尾猛地要再襲向一刻，誓必要將他整個碾壓成碎骨肉泥。

可是怠墮立刻愕然發現到，自己的尾巴居然有半截動彈不得，不聽她使喚，僅剩靠近末端的部位仍能依自己意志而動。

這是怎麼回事!?怠墮不敢置信地低頭向下望。在她注意力全放至一刻身上時，金艷的痕跡竟不知不覺在她下方延展開來，令人憎厭的神力氣味從那金色墨水裡發散出來。

「哈囉，我師父特地調配出來的墨水可不是蓋的啊！」提握著等身高毛筆的柯維安咧開鋒銳笑容，用已嘶啞的嗓子高聲大叫，「更不用說這些墨的前身，還是我的心肝！告訴妳一件事，被迫賠上心肝的男人的怨恨……可是很可怕的！」

宛如要將積壓在心中的情緒全部傾瀉出來，柯維安扯著喉嚨，一邊提筆繼續快速奔跑，艷麗奪目的墨水順著他的動作一路浮現於地面上，將原本的筆畫再擴大爲更大的圖陣。

甚至就連融化在另一端的那一窪金墨，也像受到牽引般朝這方迅速飛來。

不僅如此，足以將怠墮完全包圍在內的周邊，在她因金墨分神的刹那，竟是安靜無聲地環立著多張黃色符紙。

銀白色的電屑跳動繚繞，光芒逐漸轉熾，彷彿在蓄力等待最佳時刻的到來。

三道人影各踞一方。

楊百罌、蘇染、蘇冉的指間都持有同樣黃符，三雙眼睛冷然凌厲。

柯維安的金陣趨近完成。

就在頭尾燦金線條相互銜接之際，柯維安猛地收住筆勢，即使身子已控制不住地脫力跌坐，他還是奮力擠出他所能發出的最大聲音。

「上啊，小白——」

怠墮又驚又怒地發現到，自己的身體猶如被千斤鎖鍊層層纏縛，動彈不得，不得動彈。

而那抹敏捷似獵豹的白髮人影同時也躍跳上被困縛住的蛇尾，就像將之當成前行的道路，迅疾往上奔踏。

卻沒想到正當一刻飛奔至怠墮臂膀之處，那隻應該同樣受到束縛的手臂居然猛地一動，頓時將不及察覺有異的一刻甩了出去。

什……！一刻瞳孔收縮。假使不是他反射性利用白針插入那具龐大身軀的邊側，拉住了向下墜的身勢，眞的就要從高空重重跌下。

柯維安煞白了臉，金陣的輪廓就像支撐不住，開始一點一滴地散成碎末。

接著，纏縛住怠墮的無形鎖鍊就會失控地接連碎裂。

不論是哪一方，都清楚這是秒秒必爭的局面。

感覺到束縛如同潮水褪去般逐漸離開自己，怠墮的紅眼散發出得意與殘酷。可就在下一秒，她的得意凍結住了。

就在她欲伸手抓住一刻的瞬間，那抹掛在針下的身影出其不意地暴起，借力重新翻躍至她的上臂處，並且在其上大步疾走的同時，驟然捏碎了掌心裡緊攢的物體。

那明明是細微的音響。

卻又如悠長劍鳴般刺進怠墮耳內。

隨著聲音悠揚清冽地在每個人耳中迴響，一雙雙張大的眼睛也目睹了不可思議的一幕。

無數光片和光珠從一刻掌心裡飛竄出來。

光珠最先破碎，猶如煙花綻放，各色光絲飄灑，接二連三地落至了怠墮的髮絲、身上。

相較於光絲多得難以數計，僅有十枚的光片則是拔得修長，成爲十道熾白凜凜的巨大劍影，「唰」地環列在怠墮身周。

怠墮的注意力卻被沾附在身上的光絲奪去。起初她不曉得那是什麼，緊接著震詫之色刷上了那雙血眸。

這不可能……怎麼會有這等荒謬的事……

劍影分明是神力，但是、但是那些光絲——

「是妖力……」曲九江仰頭盯著上方。縱然他身負不輕的傷勢，但影響不了他對妖怪氣息與生俱來的敏銳，「非常多種……是公會裡的妖怪。」

從距離上來說，一刻聽不見曲九江的低喃，然而從怠墮霍地尖哮出來的震怒話語，讓他頓時明白了那是什麼。

「怎麼會有這般荒謬的事！神力和妖力，不可能有辦法容於同一物的——」

那是公會眾人一併交付的力量。

即使弱小、即使微薄，卻依然積沙成塔，絲絲縷縷地串結起來。

然後，成爲了就算是怠墮，短時間內也撼動不了的強韌鎖鍊。

與出現破損的金陣一併產生威力，閃耀著各色微光的光絲編織成了大網，再次牢牢封鎖住怠墮的行動。

一刻沒有注意到圍在怠墮身周的黃符已電光更盛，像是氣力即將充盈至最飽滿，也沒有注意到下方柯維安他們是不是又大喊出什麼，也許是自己的名字或者是其他，他只知道自己接下來要做什麼。

交繞在一起的強烈情感最末匯聚成一股鮮明的冷靜，貫穿了他的背脊。

一刻快若迅雷地朝上跳躍奔走，白針在他掌心再次以光點成形，攢緊的左手越來越灼熱，像是烈炎從他的無名指飛速灼燃過他的皮膚。

神紋在發燙，心臟的鼓動宛如雷鳴。

一刻奔至怠墮肩頭，他的身子就像出柙的猛獸悍然躍出，白針被高高舉起——

「怠墮，就算妳是唯一！」

環列在空中的劍影「咻」地沖起，一道道閃沒進高舉的熾白長針裡，凜冽的光輝沿著針身奔騰閃爍。

「但到頭來，妳也不過是僅僅一人而已啊！」

白針挾帶雷霆萬鈞之力，在針尖觸及到怠墮後背的剎那間，白光遊走，猛然漲大了數倍，頓如一把磅礴巨劍，一舉沒入怠墮的背部，貫穿出她的前胸。

同時黃符上的字紋也像黑魚游竄至最頂端，電光瘋狂大熾。

「汝等是我兵武，汝等聽從我令！」

那是傾盡楊百罌、蘇染、蘇冉所有靈力的一擊。

「電隨意走——」

怠墮紅眼瞠大，裡頭是她之前從未感受過的驚駭、扭曲。

說時遲、那時快，銀白色盛大電光肆虐衝出。

但這集結三人之力的一擊，卻不若以往交織成綿密電網，竟是匯爲多道粗大的閃電，猶如張牙舞爪的碩長蛟龍，發出震耳欲聾的吟嘯，凶猛地直衝雲霄，灰暗的雲層被映得亮白，像天際燃捲起大火。

旋即電光再乍然大閃，閃耀著銀白光芒的電龍呼嘯向下俯衝，伴隨著驚人雷響，追著沒入在怠墮體內的白針而去。

聯合了狩妖士、神使、半神與劍靈力量形成的天雷，終於石破天驚地砸墜下來。

巨大的雷柱如同貫穿這方天地，強大的力道撼動操場上的一切事物，包括柯維安他們也被猛地震飛了數尺。

炫白光芒則像要撕裂這世界，耀眼得令人無法直視。

怠墮和一刻的身影徹底被白光吞噬。

而就算柯維安他們被逼得閉上眼，視網膜內也像有白光殘留，視野成了短暫的一片白。

好不容易雷鳴消逝，天地也不再晃震，一切彷彿塵埃落定……

柯維安他們總算有辦法張開眼。

那抹巨大如小山的駭人身影消失了，無論怎樣張望都再也尋不著。

曾是怠墮所佇之地，如今除了一大片高熱灼燙過後的怵目焦痕，就只見一名灰頭土臉、模樣狼狽的白髮男孩呈大字形癱躺在上面。

他的手裡猶抓握著白針，那是和以往無異的長度，一雙眼睛怔怔地瞪著天空，胸口劇烈起伏著，像粗重地喘著氣。

一刻腦內全被空白佔據，濃烈的不眞實感充盈心頭，只覺似乎還能聽見不絕餘耳的雷聲轟鳴，以及怠墮的慘叫．

連灰都沒留下了……所以，不管是怠墮還是蒼淚，這次是眞的死透了吧？

一刻艱困地轉過頭，看著身下蔓延的焦黑土地，直到看見自己同伴們疲倦卻又欣喜若狂的臉。

一刻喘著氣，不自覺地慢慢扯開嘴角。他現在連爬起來的力氣都沒了，整個人沉重得像一塊吸了過多水分的海綿。

「不准……過來！抱住我和壓住我……都不行！不然老子眞的會死的！」一刻用僅存的力氣啞聲大吼。

「不了，甜心……這次我們也做不到啦……」柯維安沙啞地擠出眾人心聲，接著整個人像虛脫般往後一倒。如果可以，他連一根手指都不想動了。

就像是聽見這名娃娃臉男孩的心聲，接下來發生的異變，讓所有人都不須在這座操場上再度站起。

這個世界直接崩塌了。

不給眾人絲毫反應的時間，地面無預警塌陷，失去主人的異空間霎時分崩離析，進而支離破碎。

措手不及的下墜感讓六雙眼睛驀地大睜，灰暗離他們越來越遠，蔚藍的天空在底下像是畫卷攤展開。

柯維安覺得自己應該要驚慌失措地尖叫，可他實在累壞了。

一刻震驚過後又恢復平靜。一來他再也沒有力氣掙扎，二來是有股直覺告訴他，不用擔心。

下一剎那，托接住一刻他們的柔軟水波觸感，令一刻唇角浮現了笑意。

水波維持的時間不久，當它消失後，緊接而來的是蒼勁的喝聲。

「汝等是我兵武，汝等聽從我令，散華！」

曲九江和楊百罌看不見底下的景象，但打從心底感到安心。

那是他們爺爺的聲音。

數也數不清的白色符紙如飛鳥衝飛至高空，一張張疊綻、旋放，就像一朵盛開的潔白大花，穩穩地將六條人影接住，再以剛好的速度往下降。

最後，一刻他們的身子跌進一張不知從哪準備來的巨大氣墊床裡。充滿彈性的材質令他們不由得跟著彈震幾下，才完全躺陷下去。

周遭是再熟悉不過的繁星大學大草原。

一刻吐出一口氣，直視著上方澄淨的天空。比起不祥的幽藍，他還是喜歡這種藍色。

手。

下一秒，更多激動、歡欣的人聲湧了上來。

雖然一刻累得連手指都不想抬起，可當他瞄見靠近的一抹修長人影，他還是奮力地舉起

「歡迎回來。」蔚商白伸出手，五指握成拳頭。

一刻咧嘴一笑，拳頭和對方的碰撞上。

「……啊，我們回來了。」

尾聲

與怠墮一役結束後，神使公會如火如荼地又投入大量事務中，生活可說是完全被繁忙支配。

最主要是不能將受到污染或是被瘴異入侵的那些妖怪們擱置不管。

如果讓甦醒過來的人們看見市裡到處是負傷無法動彈或陷入昏迷的妖怪，只怕新一波風暴又將形成。

神使公會在這時可說就像一座大型蜂巢，無時無刻都有人忙進忙出。

公會內，是醫療室的人在粗暴吆喝，手段同樣粗暴地將不安分的傷者們一一鎮壓在病床上。在傷勢沒有好轉之前，絕對不准擅自離開，否則就等著成爲開發部的最新白老鼠。

公會外，除了回收那些散落各地的滋事妖怪外，還有城市的修復工作要進行。

雖然有執行部的神使們幫忙展開結界，盡力保護周遭環境不受損壞，但結界依然不足以擴及全市。

只不過平常負責這項職務的特援部，在此次戰役中全員出動，戰後沒有一人不是傷痕累累。尤其是身爲特援部部長的灰幻，更是直接被強制關進病房中，勒令不得外出一步，正好和一身力量幾乎耗竭的范相思、胡十炎一同成了病友。

在面臨人手嚴重不足的困境下，幸好有西山的大批妖狐前來支援。加上暫離到外地的妖怪們也陸續接到通知返回，一同加入協助的行列，才得以解決這項問題。

於是在一般民眾毫無所覺的情況下，繁星市漸漸回復了元氣和安穩……

至於繁星大學，在經歷過那麼多事情後，總算迎來了開學日。

聽著台上老師介紹著這門通識課的注意事項，正式升上大二的一刻一邊聽著說明，一邊被跳出通知的手機螢幕吸引了注意力。

那是來自蔚可可的訊息。

在桌面底下用拇指滑動螢幕，一刻看著那名鬈髮女孩傳來的內容，嘴角不自覺微微勾起笑意。

在消滅怠墮一段時日後，那些由安萬里回收的鮮紅色結晶，經過開發部日夜努力研究，以及安萬里的從旁協助，再度形成一顆小巧的種子型態，被放至花盆裡重新培育。

蔚可可每天都會不辭辛苦地跑到公會裡，爲種子澆水，陪種子說話。

而在今天，開發部那邊傳來了足以令所有人爲之振奮的消息。

種子冒出小小的尖芽了。

夾附在訊息裡的照片上，可以看見深褐土壤中鑽出一小角的尖端。雖然不是很明顯，但這證明了秋冬語還有重生的希望。

就算沒人知道那會需要多久的時間。

但不管多微小，只要抓住了，那就是希望。

「啊，是小語發芽了！」坐在一刻旁邊的柯維安也湊過來，一瞧見照片立即意會過來那是何物。

「靠太近了。」一刻沒好氣地罵道，一把將那張娃娃臉推開。

也幸好他們兩人選修的這門通識課學生眾多，混在人群中，最前方的老師沒注意到後方的小動作。

「唉唷，甜心，你怎能如此無情無義？就算我們現在不是同寢室友了，也是同宿舍的舍友啊。」柯維安故作傷心地擦擦眼角，「你難道忘了當年一〇一寢我們相親相愛的情誼嗎？」

「誼你媽啦！老子只記得被迫在那做牛做馬……幹！垃圾要我收，髒衣服還會偷塞到我的臉盆裡！」不提還好，一提一刻立即射出凶惡的眼刀。

「咳，呃啊……那些也是我們的愛嘛。」柯維安乾笑，眼神心虛地飄了飄。

爲免舊帳被一路翻起，然後下課後他就等著被怒火中燒的小白抓起來暴打一頓，柯維安忙不迭地轉回最安全的話題上。

「不過眞的是太好了啊，小白……小語發芽了，最開心的一定是小可了。」

「那丫頭簡直是開心瘋了。」談論起對自己而言像是妹妹般的蔚可可，一刻眼中的凶狠稍褪，眼神也不再戳得柯維安那麼疼。

總算轉移怒火的柯維安暗暗鬆口氣，隨即像是想到什麼，可愛的娃娃臉一垮，愁雲慘霧瞬時躍上。

「小白啊……甜心啊……哈尼啊……」

「靠杯啊，又怎麼了？」怕干擾到課堂上的其他人，一刻壓低聲音，「你是叫魂嗎？」

「嚶嚶，人家也想求個安慰……」柯維安淚汪汪地瞅著一刻不放，「我的寶貝心肝不是整組壞光光了嗎？雖然范相思特地把這消息傳給畢宿，畢宿又傳給了師父，但是師父還在忙送神日的事，離不開文昌殿……」

「講、重、點。」一刻差點被一串人名繞暈了。

「喔、喔，重點就是……你也知道，我的體質在神使中算特殊嘛。」涉及對普通人來說是怪力亂神的事，柯維安的音量壓得更小，以免引來狐疑的眼神。

一刻點點頭，這他自然知道。

由於本身是半鬼，柯維安不像其他神使一樣，能夠將武器收於體內，必須要收放在另一個地方。他向來不離身的黑色筆電，就是張亞紫特地爲他打造的另類武器盒。

只不過在不久前的戰役中，爲了封困住怠墮的行動，那台筆電徹底融爲一灘金墨，再也沒有回復的可能性。所以柯維安的毛筆無處可放，至今只能以金鍊的模樣暫時繫在手腕上，而這也等同於他的神力時時刻刻都在流瀉。

就算只是些許，長久下來也不是辦法。

「所以啊，師父又派人送東西給畢宿，畢宿再送給范相思，范相思再……嗚啊！我立刻就說重點！」瞄見一刻額角似有青筋冒出，柯維安趕緊嚥下了準備好的長篇大論，直接濃縮其中內容，「師父她送了新筆電給我了！」

「媽啦，明明就幾個字能說完的事，爲毛你就是有辦法繞那麼一大串？」一刻大翻白眼，「然後呢？帝君送新筆電給你有什麼不好？你求個屁安慰啊。」

「因爲、因爲……」柯維安從自己背包裡窸窣掏摸出某個物體，一臉悲慟欲絕地說，「師父她送給我的……是這個筆電啊！」

一刻一怔，看看快哭出來的柯維安，再看看對方手上比巴掌還要小的筆電——紙模型。

如果不是極力掐著自己的掌心，一刻鐵定會控制不住地噴笑出聲。

但柯維安仍眼尖地從一刻的嘴角肌肉看出他在忍笑。

「小白啊！」柯維安悲憤地指控，當然還不忘壓低音量，「愛呢？說好做彼此的小天使呢？」

「天你老木。」一刻冷酷無情地回了這四個字。趁著下課鐘聲響起的剎那，他迅速抽起背包，搶在柯維安打算撲過來、抱著他痛哭之前，一個箭步閃出了教室。

將柯維安的叫喊拋在後頭，一刻快步穿過綜合教學大樓A棟與B棟間的廣場，卻在快靠近人文學院時，猛地煞住了腳步。

下課時分，人文學院的中庭人來人往，然而卻有兩抹人影格外搶眼，吸引其他學生的目光。

一刻並不是因爲對方搶眼才停下來的。

在他看來，那兩抹人影根本熟悉得不能再熟悉。

一人容姿冷艷，帶著波浪的褐色長鬈髮披散至肩後。右眼下有一點惑人的淚痣，氣質比起同年齡的人要來得成熟。

正是繫大中文二的班代，也是被人暗稱爲「校花」的楊百罌。

而另一名綁著長辮的女孩，和楊百罌是迥然不同的類型，但也同樣引人注目。雖戴著一副粗框眼鏡，卻難掩其臉蛋的清麗，周身有股獨特的清冽氛圍，令人想起夜空下的孤月。

而鏡片後的一雙淺藍眼珠，往往容易令人誤以爲是戴了有色的隱形眼鏡。但一刻比誰都清楚，那是對方有著混血兒血統的關係。

一刻怎會不清楚？因爲那個人就是他的青梅竹馬，蘇染。

問題是，這時候蘇染不是應該待在她就讀的碩陽大學嗎？爲何會出現在他們繁大裡？

兩名女孩子顯然也發現到一刻，腳步一轉，毫不猶豫地就往他走去。

「妳……爲什麼妳會在這裡啊，蘇染？」一刻臉上滿是震驚，「碩陽不是也開學了？」

「碩陽開學了。」蘇染點點頭，「但我已經不是碩陽的學生。」

「什……！」這驚人的發言讓一刻的話差點被噎住。

「蘇染是新轉進繁大的轉學生，和她的弟弟蘇冉都是。」楊百罌的話語無疑像記響雷，劈在一刻身上。

一刻目瞪口呆，看看自己的同學，再看看自己的青梅竹馬，腦海全被一排「靠靠靠！眞的假的!?」瘋狂刷滿。

「妳、妳和蘇冉轉來了繁大!?」

「小白，你不知道？」楊百罌美眸微露訝色。

「……老子現在知道了。」一刻木然地說，過度的震驚讓他覺得有股不眞實感，一直難以揮去。

「這是驚喜，一刻。」蘇染微微一笑。她的笑容就像夜空裡乍現的月光，頓時令從旁經過的學生移不開眼，「蘇冉在別院上課，我上午則是剛好空堂。」

「喜個頭，根本驚嚇吧……但妳怎麼和楊百罌……」

「幫忙朋友認識環境這種小事情，不是理所當然該做的嗎？」楊百罌微蹙起眉，冷淡悅耳的嗓音像是含有一絲薄嗔，宛如在埋怨一刻怎麼會問這種應該知道答案的問題。

「但、但是……」一刻乾巴巴地說，「蘇染，妳和蘇冉到底是為什麼突然……」

「不突然，我們大一下就在準備了，爸媽也很贊同。一來可以就近待在一刻你身邊；二來是我覺得……」

「妳覺得？」

「我該正式展開行動了。」

「不對，是我們。」楊百罌驀地插口，神情嚴肅到透著一縷緊繃。

「等、什麼……妳們……」一刻無法理解面前兩名女孩子究竟在說什麼，直到她們上前一步，冷不防各抓握住他的一隻手。

柔軟溫暖的觸感瞬間透過指尖傳遞。

存放在最深處的記憶之盒霍地彈開了盒蓋，被慎重小心收在裡面的畫面自動流瀉出來。

「一刻，我未來想跟你生孩子。」

有誰吻上一刻的手背。

「我未來想跟你成為真正的家人。不、不要問是哪一種，當然就只有那一種了。」

有誰吻上一刻的額頭。

白髮男孩就像受到莫大的衝擊，呆若木雞地站在原地不動，然後一抹前所未有的鮮艷紅色從他的脖子開始竄起，一路直染上他整張臉。

蘇染和楊百罌先是吃了一驚，隨即喜悅在兩人的眉眼盛綻開來。

她們知道，這一次，她們喜歡著的這名男孩終於開了竅，真真切切地意會到她們對他的情感。

一刻面紅耳赤地呆立原地，腦袋裡一片混亂，簡直就像有貓咪在瘋狂地撥弄著毛線球，毛線越來越糾結，也越來越凌亂。

而突來的一聲大叫，宛如落雷般猛然扯回了一刻的神智。

「小白！」柯維安抓著背包，從教室追了過來，「小白你不能丟下我……天啊！甜心你的臉超級紅的啊！難道是你終於承認了我們的相親相愛……」

一刻壓根沒聽見柯維安在喊些什麼，他僵硬又緊張地看著愉悅回視自己的兩名女孩子。

他深吸一口氣，終於毅然做了決定。

下一秒，整張臉紅得不像話的一刻轉身逃跑了。

「小白？小白你怎麼又跑了啊！」柯維安大吃一驚，忙不迭地拉高嗓音，「等等啊！你不能丟下你親愛的……那個……」

柯維安倏地吞吞口水，看著一左一右擋在自己身前的兩名女孩子。

明明一個是校花，一個是不輸校花的兩位美少女，可是柯維安此刻只覺得一股心驚膽跳直直湧上。

「那個，班代、蘇染……妳們要相信我，我和甜心之間眞不是妳們想的那樣，千萬別誤把我當成情敵，我說眞的。就算我的內褲都是小白負責洗，我也知道他今天的內褲款式是小星星……不不不，蘇染求妳不要利用開發部的道具張開結界！班代妳的符也別拿出來！救人啊！小白白白白白──」

豔陽藍天下，柯維安的慘叫劃破了人文學院。

繁星市今日也一切安好無事。

《神使繪卷》全書完

後記

第一句話要說的一定是……

天啊，終於！終於把最後一集完成了啊啊啊！

十五集眞的是《神使》系列中對我來說最具挑戰的一集。除了要把所有埋著的伏筆一口氣都揭出來，還有一刻他們與眞正BOSS的最後決戰。

第一次挑戰這種全體動員的大型群戰，寫起來眞的是戰戰兢兢。中間修改了多次，總算達到自己想要的成果……雖然也換來了自己都嚇一跳的字數（艸）

當初的確是想過應該會比前面任一集都還要來得多，只是沒想到會多到變成上、下兩冊了。

好胖啊，十五集。

這次在寫稿過程中碰上了各種曲折，發生了不少事，不過最主要的，還是自身的健康問題。

在上一集的後記裡有提到腰椎出了點毛病，沒想到過沒多久，連頸椎也來湊一腳。由於兩方神經都受到壓迫，所以進度上整個大delay，才會讓原本該在十二月和大家見面的最後一集推遲至現在。

目前也還是過著復健中的生活，但已經比最開始的那一個月有好一點了，那時候的疼痛簡直是……（淚）

在這裡眞的非常感謝編編和出版社的包容跟體諒，還一直麻煩編編幫我延後時間，也感謝大家對「神使卷十五」的等待，你們都是我的天使！

接下來就進入劇情討論時間吧！

如果還沒看完正文的，趕快先跳過這裡，接下來會捏很大的雷喔。

眞正的最後BOSS終於登場，有沒有讓大家很吃驚？有沒有讓大家很嚇一跳？快告訴我說有XDDD

沒錯，BOSS並不是守鑰，而是……怠墮！

其實從第二集開始就在玩文字遊戲了，瘴異所稱的「唯一」和神使公會認知的「唯一」，一直都不是同一人。妖怪們知道的「唯一」是蒼淚，但對瘴異來說，它們的「唯一」

可是怠墮。

十五集的副標也是另有含意，戾指的是釋放污染後的蒼淚，而唯一則是指向怠墮。

在最早架設《神使》這個故事的時候，就在思索一刻他們將要面對怎樣的敵人才好，接著腦海中就自動浮現出怠墮的身影，再接著，一連串的靈感就來了。

準備重生的怠墮，因她的灰燼而產生進化的癖……喔喔喔！就決定是這個了！

雖然怠墮的初登場是在《織女》系列，但爲了能讓未接觸過《織女》的讀者們也能順利融入故事，因此又另設了淚水妖怪。哈哈，私下我都是這麼喊蒼淚的XD透過解除蒼淚封印的過程中，也漸漸把怠墮的存在帶出來。

在這邊一定要訴說一下我對夜風大的滿腔愛意。

夜風大畫的重生怠墮眞的太美太霸氣了嗷嗷嗷！瞬間讓我覺得陷入戀愛了！就連蒼淚原身的那種詭異美感也分毫不差地呈現出來，自己在寫的時候都覺得這設定好爲難人（摀臉）

在這些年間，看著一刻從暴躁的高中生，成長爲稍微沒那麼暴躁的大學生，眞的有種吾家有子初長成的心情。至於大家一直都很關心的戀愛問題……是的，沒有錯，最後就是一個任憑大家想像草落誰家的結局了！

畢竟在一刻終於發現到兩名女孩子的感情後，接下來就是需要花時間去認真地思考，認真地給予回應，不可能立刻就有答案的XD

最後的最後，再次感謝大家一路來的支持，接下來也會進入新故事的籌備中了。總之也會是個充滿美少年、美少女，還有萌萌蘿莉跟阿飄鬼怪的故事！

我們下一本書再見了～～～～

醉琉璃

神使繪卷の小劇場！

柯維安：小白……嗚嗚嗚，我跟你說，我的心都要碎了……

宮一刻：……你哪天心沒在碎？所以又怎麼了？

柯維安：昨天啊，人家在百貨公司蹲點的時候……

宮一刻：我明白，你又去偷窺小朋友了。

柯維安：我只是用愛與關懷的眼神默默注視小天使他們……重點是，我那時候聽見了啪噠啪噠鞋的聲音！你懂吧，就是那個鞋子啊！

宮一刻：雖然很想說我不懂……你指的是三歲以下小朋友最常穿的，那種會發出聲音的鞋子，對吧？

柯維安：沒錯，就是那個！一聽見那聲音，簡直就是天籟響起！正當我滿心期待下一秒會見到天使的時候……

宮一刻：然後？

柯維安：然後就是……靠喔！為毛走出轉角的是個中年大叔！大叔還穿啪噠啪噠鞋根本就是詐欺啊！把我期待的心情還給我！

神使繪卷

The Story of GOD's Agents

【下集預告】

神使繪卷

The Story of GOD's Agents 番外

帶著流浪天涯小包包和心愛的兔子洋傘，
符家小家主踏上前往繁星市的旅途，
決定要爲哥哥帶來更多家人的溫暖。

小冒險卻隱藏大危機！
小芍音意外捲入妖怪與神使的風波裡。
面對可能的危機，
小小家主挺起小胸膛，嚴肅宣告：
哥哥不怕，我來！

番外·芍音與花

初春，驚艷推出！

國家圖書館出版品預行編目資料

神使繪卷. 卷十五 / 醉琉璃 著.
——初版. ——台北市：魔豆文化出版：蓋亞文化發行，2016.2
冊； 公分.（Fresh；FS103）
ISBN 978-986-5987-86-2（下冊：平裝）
857.7 105001177

fresh FS103

神使繪卷 15 終章【下】

作者／醉琉璃
插畫／夜風　封面設計／克里斯
出版社／魔豆文化有限公司
地址◎ 台北市103赤峰街41巷7號1樓
電話◎（02）25585438　傳真◎（02）25585439
部落格◎ gaeabooks.pixnet.net/blog
臉書◎ www.facebook.com/Gaeabooks
電子信箱◎ gaea@gaeabooks.com.tw
投稿信箱◎ editor@gaeabooks.com.tw
郵撥帳號◎ 19769541　戶名：蓋亞文化有限公司
發行／蓋亞文化有限公司
法律顧問／義正國際法律事務所
總經銷／聯合發行股份有限公司
地址◎ 新北市新店區寶橋路二三五巷六弄六號二樓
電話◎（02）29178022　傳真◎（02）29156275
港澳地區／一代匯集
地址◎ 九龍旺角塘尾道64號龍駒企業大廈10樓B&D室
電話◎（852）2783-8102　傳真◎（852）2396-0050
初版一刷／2016年 2月
定價／全套兩冊不分售．新台幣399元
Printed in Taiwan

ISBN / 978-986-5987-86-2

FS102&
FS103

神使繪卷 15 終章

魔豆文化　讀者迴響

感謝您在茫茫書海中選擇了魔豆，您的支持是我們最大的動力。
不要缺席喔，讓我們一起乘著夢想的羽翼，穿越時空遨遊天地！

姓名：　　　　　　性別：□男□女　　出生日期：　年　月　日
聯絡電話：　　　　　　手機：
學歷：□小學□國中□高中□大學□研究所　　職業：
E-mail：　　　　　　（請正確填寫）
通訊地址：□□□
本書購自：　　　縣市　　　　書店
何處得知本書消息：□逛書店□親友推薦□DM廣告□網路□雜誌報導
是否購買過魔豆其他書籍：□是，書名：　　　　　□否，首次購買
購買本書的動機是：□封面很吸引人□書名取得很讚□喜歡作者□價格便宜□其他
是否參加過魔豆所舉辦的活動： □有，參加過　　場　　□無，因為
喜歡出版社製作什麼樣的贈品： □書卡□文具用品□衣服□作者簽名□海報□無所謂□其他：
您對本書的意見： ◎內容／□滿意□尚可□待改進　　◎編輯／□滿意□尚可□待改進 ◎封面設計／□滿意□尚可□待改進　◎定價／□滿意□尚可□待改進
推薦好友，讓他們一起分享出版訊息，享有購書優惠 1.姓名：　　　　e-mail： 2.姓名：　　　　e-mail：
其他建議：

廣告回信 郵資免付
台北郵局登記證
台北廣字第675號

魔豆文化有限公司　收
103 台北市赤峰街41巷7號1樓

魔豆

魔豆